rororo

Zu diesem Buch: Verbrechen, die Schlagzeilen machen: VIRUS-ANSCHLAG IN HAMBURG!

Eine Sekte religiöser Eiferer will zur Jahrtausendwende die Apokalypse herbeiführen und Bio-Bomben in der ganzen Welt zünden. Den Plan zu vereiteln, den Guru dingfest zu machen und schließlich die Bomben zu entschärfen wird für das Omega-Team zum Selbstmord-Kommando. Doch das Team sympathischer Antihelden, das von dem hanseatischen Intellektuellen Victor Jacobi finanziert wird, kämpft um jeden Preis für die Gerechtigkeit.

Was in der Realität unwahrscheinlich erscheint, wird in der Fiktion spektakuläre Wirklichkeit. Denn unter dem nom de guerre Mike Jaeger schreiben renommierte Autoren, denen es Vergnügen bereitet, die dramaturgischen Mittel des Fernsehens zu adaptieren. Atemberaubende Situationen und rasante Dialoge stehen im Mittelpunkt dieser innovativen Action-Serie, die einzigartig auf dem deutschen Krimi-Markt ist.

In der Mike-Jaeger-Serie sind die Action-Thriller «Feuervogel» (thriller Nr. 3357) und «Höllenhunde» (Nr. 3359) erschienen.

Mike Jaeger

KILLERVIREN

DAS OMEGA-TEAM

Ein Action-Thriller von
Ingolf Behrens

Rowohlt Taschenbuch Verlag

rororo thriller

Herausgegeben von Bernd Jost

Originalausgabe
Veröffentlicht im Rowohlt Taschenbuch Verlag
GmbH, Reinbek bei Hamburg, Mai 1999

Idee und Konzeption Peter M. Hetzel
und Robert Brack
Redaktion Peter M. Hetzel
Umschlaggestaltung Walter Hellmann
(Foto: pwe)
Satz Bembo PostScript (Page One)
Gesamtherstellung Clausen & Bosse, Leck
Printed in Germany
ISBN 3 499 4 3358 3

EINS

Die Meute war heute ungewöhnlich unruhig. Es lag nicht an Victor Jacobi. Auch nicht an seinem Vortragsthema. Jacobi wußte aus Erfahrung, daß in solchen Fällen nichts zu machen war. Die Studenten spielten nervös mit ihren Bleistiften, ständig knisterte irgendeiner mit Papier. Über dem ganzen Hörsaal lag eine unbestimmte Erwartungshaltung. Normalerweise traten derartige Phänomene erst kurz vor den Semesterferien auf. Jacobi betrachtete enttäuscht die abwesenden Gesichter der Zuhörer vor sich und setzte seine Vorlesung über «Apokalyptische Phänomene zur Jahrtausendwende» fort. Seine Stimme wurde von Satz zu Satz träger. Er konnte sich der dumpfen Atmosphäre, die in diesem Hörsaal herrschte, nicht gänzlich entziehen.

Jacobi hatte es finanziell wirklich nicht nötig, an der Uni zu unterrichten, und an Tagen wie diesem fragte er sich, warum er es trotzdem nicht lassen konnte. Er nahm einen Schluck Wasser aus dem Glas, das auf seinem Pult stand. Niemand schien diese kurze Pause zu bemerken. Jacobi stieß ein kurzes, heiseres Husten aus und wollte sich noch einmal aufraffen. Schließlich war es seine Aufgabe, hier die Spannung zu erzeugen.

«Aus dem Jahre 992 a. d. wird in den Annales Augustani über einen Kampf von drei Monden und drei Sonnen über Germaniens Himmel berichtet. Ein gleißendes Licht, das aus dem Himmel im Norden zu kommen schien, erleuchtete die Nacht und ...» Jacobi brach ab und schaute von seinem Manuskript auf. Unter den Studenten war ein stark störendes Gemurmel entstanden. In der vorletzten Reihe war ein Student aufgestanden und schien gehen zu wollen. Jacobi kratzte sich genervt an seinen Bartstoppeln. Eine derartige Reaktion fand er übertrieben. So schlecht waren seine Vorträge nun wirklich nicht.

Der junge Mann in Jeans und einem Parker, der in den Siebzigern modern gewesen war, schien es sich nun doch noch einmal anders überlegt zu haben. Alle Blicke ruhten auf ihm. Mit unsicheren Schritten kam er die Stufen hinunter zum Lesepult. Das leichte Schwanken konnte bedeuten, daß er irgendwelche Drogen zu sich genommen hatte. Der Student hob den Finger, als ob er sich wie in der Schule zu Wort melden wollte. Er ließ Jacobi nicht aus den Augen. Jeden Moment konnte er den Mund öffnen und einen fürchterlich unqualifizierten Kommentar von sich geben. Studenten taten das hin und wieder. Vielleicht zehn Meter vor Jacobi verdrehte der junge Mann die Augen, knickte in den Kniekehlen ein und sank mit einem tiefen Seufzer zu Boden. Eine neue Form der Bekundung seines Desinteresses? Oder die Nachwirkung eines nächtlichen Drogenexzesses in einer der Techno-Diskotheken?

«Ruhe!» rief Jacobi energisch, aber einige Studenten waren aufgesprungen und wollten sich nicht wieder beruhigen. Nur ein einziger von ihnen war auf den am Boden Liegenden zugegangen und stand nun unschlüssig vor ihm. Wenigstens zeigte er die Absicht, seinem Kommilitonen helfen zu wollen. Jacobi legte gelassen das Skript weg. Nur keine Hektik, die steckte bestenfalls an. Jacobi sah nach dem gefallenen Studenten. Er berührte seine Schulter und drehte ihn vorsichtig herum. Kein Zweifel, der junge Mann hatte das Bewußtsein verloren.

«Einen Arzt, schnell!» rief Jacobi und brachte den Studenten mit geübten Griffen in eine stabile Seitenlage. Der Mann atmete noch. Aber sein Atmen war sehr flach. Jacobi zog den Stuhl von seinem Pult heran und legte die Beine des Studenten hoch. Das sollte ihn eigentlich nach kurzer Zeit zurückbringen. Keine Reaktion. Seine Pupillen waren klein wie Stecknadelköpfe, und seine Stirn war mit kaltem Schweiß überzogen. Plötzlich hustete der junge Mann heftig. Jacobi sprang zurück. Ein kleiner Nebel aus Spucke und Blut überzog den Ärmel seines beigen

Anzugs von Armani. Das sah nicht gut aus. Selbst wenn es von irgendwelchen Drogen kam, hatte es die Lunge erwischt. «Hat jemand einen Arzt geholt?»

Die Studenten waren beim Anblick des blutigen Hustens zurückgewichen, und keiner antwortete. Aber von fern hörte Jacobi bereits eine Sirene. Hilfe war also unterwegs.

Der Notarzt war nicht viel älter als Jacobis Studenten. Jacobi trat beiseite und ließ den Mann seine Arbeit verrichten.

«Total dehydriert!» stellte der Arzt nüchtern fest und legte sofort eine Infusion mit Kochsalzlösung an. «Fieber hat er auch. Wahrscheinlich eine Infektion.»

«Außerdem hat er Blut gehustet!» erklärte Jacobi.

Der Arzt sah ihn skeptisch an. Dann öffnete er, mit einem Griff an Nase und Kinn, den Mund seines Patienten und warf einen flüchtigen Blick in den Rachenraum. «Scheiße.»

«Was ist?»

«Überall Blut. Sieht verdammt nach einer offenen Tb aus.»

Es war jetzt zu spät, sich das Sakko auszuziehen. Jacobi schaute auf den Arm, wo ihn die Blutspritzer getroffen hatten. Der junge Arzt nickte einem der Rettungssanitäter zu, der daraufhin den Hörsaal verließ. Die Studenten diskutierten aufgeregt über die möglichen Folgen eine Tuberkuloseinfektion. An die Fortsetzung der Vorlesung war keinesfalls zu denken. Folgerichtig packten einige Studenten ihre Sachen. Der zweite Rettungssanitäter ging zur Tür und schloß sie. Spätestens jetzt wurde den ersten Zuhörern klar, daß die Sache nicht mehr nur ihren am Boden liegenden Kommilitonen allein betraf.

«Setzen Sie sich doch bitte wieder», forderte Jacobi die Leute auf. Eine weitere Sirene war draußen zu hören. Ein Polizeiwagen. Dann noch einer. Und noch einer.

Einige Studenten versuchten, den Sanitäter von der Tür wegzudrängen. Jacobi griff ein und stellte sich schützend neben den Mann.

«Sie müssen sich alle untersuchen lassen», erklärte der Arzt. «Dann gibt es ein paar Antibiotika, und die Sache ist gegessen.» Der Mann erntete Gelächter. An der Tür entwickelte sich aus dem Gerangel allmählich ein richtiger Kampf. Jacobi wurde heftig geschubst. Im Hintergrund kreischten einige Studentinnen hysterisch. Dann kamen die ersten Schläge. Der Sanitäter duckte sich unter den Hieben, wich aber nicht von seinem Platz. Ohne blaue Flecken ging es nun nicht mehr ab. Doch bevor sie die Tür der Übermacht freigeben mußten, kamen ihnen einige Polizisten zu Hilfe.

«Also!» rief der Arzt und versuchte noch einmal, sich Gehör zu verschaffen. «Wir fahren jetzt alle ganz ruhig ins Krankenhaus und stellen fest, woran wir sind. Wenn ich mich geirrt habe, sind Sie alle in ein paar Stunden wieder zu Hause!»

«Und wenn nicht?» rief jemand von hinten.

Der Arzt schwieg betreten. Das war sicherlich das erste Mal, daß er eine Zwangseinweisung in einer solchen Dimension vornehmen und verantworten mußte. Jacobi trat an seine Seite und forderte die Studenten auf, die Sache mit Gelassenheit über sich ergehen zu lassen. Sie sollten den Anweisungen der Polizei Folge leisten und Ruhe bewahren. Als erstes wurde der immer noch ohnmächtige Student weggeschafft. Kurz darauf bildeten die Polizisten eine Art Korridor quer über den Campus, bis zum Parkplatz hinter dem Philosophenturm. Dort stand ein Sonderfahrzeug der Feuerwehr. Für die Studenten war das wie ein Spießrutenlauf. Jacobi schritt mit gutem Beispiel voran und hinter ihm die verängstigte Horde seiner Studenten.

Die Kommilitonen auf dem Campus starrten nur dumpf zu der Polizeikette herüber. Polizei auf dem Campus hätte eigentlich zu heftigen Reaktionen führen müssen. Dann rief doch noch jemand einige linke Kampfparolen und versuchte, sich ohne viel Ehrgeiz mit den Gesetzeshütern anzulegen. Natürlich war die Annahme, daß es sich hier um einen Verhaftungskessel aus politischen Gründen handelte, völlig falsch und abwegig. Aber Jacobi freute sich trotzdem, daß nicht alle Neointellektuellen gelangweilt kauend auf den Bänken herumlümmelten und tatenlos mit ansahen, was sich dort vor ihren Augen abspielte.

Nachdem der Pulk im Feuerwehrbus saß, setzte bei der Menge jene Apathie ein, die man gewöhnlich nach schweren Massenunfällen beobachten konnte. Den meisten war es längst egal, was mit ihnen geschah, und nur bei einzelnen regte sich noch ein Funken Widerstand, der sich in ihren Augen widerspiegelte. Was Jacobi eigentlich schockierte, war, daß die Menschen nicht aus Vernunft Folge leisteten, sondern daß die Willenlosigkeit gegenüber der Staatsmacht diesen Fatalismus geboren hatte.

Das einzige Krankenhaus, das in der Lage war, derart viele Patienten auf einmal aufzunehmen, war das Hafenkrankenhaus. Genaugenommen ging das auch nur deshalb, weil die Klinik seit zwei Jahren leer stand und dort nur eine Ambulanz für Notfälle besetzt war. Die Studenten wurden auf zwei Stationen desselben Korridors verteilt. Schwestern und Pfleger verteilten Bettzeug und entfernten die Plastikbezüge, mit denen die leerstehenden Betten vor dem Verrotten geschützt werden sollten. Eine umfangreiche medizinische Versorgung war hier natürlich nicht möglich. Dafür lag das Krankenhaus aber in der Nähe des Bernhard-Nocht-Instituts für Tropenmedizin. Auch von dort hatte man sich eilig Personal ausgeliehen.

Als sich nach zwei Stunden noch immer kein Arzt blicken ließ, wurde Jacobi allmählich unruhig. Wie lange konnte es schon dauern, Tb-Bakterien nachzuweisen? Jacobi stellte seinen Kaffeebecher ab und betrat den Gang. Die Polizisten, die die ganze Zeit am Eingang Wache geschoben hatten, waren verschwunden. Hatte man ihnen womöglich nicht gesagt, daß der ganze Spuk vorüber war? In einer Bürokratie war alles möglich.

Jacobi ging auf die Milchglastür zu, um zu sehen, was sich dahinter verbarg.

Er rüttelte daran. Abgeschlossen. Jacobi stutzte. «Hallo!» rief er laut, aber von draußen kam keine Antwort. Was sollte denn das nun wieder? «Hallo!» rief Jacobi nochmals laut. Auf dem Gang schauten einige verunsicherte Studenten aus den Zimmern, in denen sie einquartiert worden waren. Gerade wollte Jacobi mit der Faust gegen die Tür hämmern, als ein Schlüssel im Schloß gedreht wurde.

Ein Arzt mit OP-Haube und Mundschutz zwängte sich durch den offenen Türspalt. Gleich hinter ihm wurde die Tür wieder geschlossen.

«Was ist los?» fragte Jacobi.

«Mein Name ist Professor Fleischmann», erklärte der Arzt. «Ich bin für diesen Fall zuständig.» Jacobi wußte, wer Fleischmann war. Das war der Chef des Tropeninstitutes. Offensichtlich handelte es sich tatsächlich um eine offene Tb.

«Es wird Sie sicher freuen, zu hören, daß Ihr Student keine Tb hat», sagte Fleischmann. «Weniger erfreulich ist jedoch, daß einige Anzeichen dafür sprechen, daß wir es mit einem Fall von hämorrhagischem Fieber zu tun haben.»

Jacobis Zunge klebte eine Sekunde lang an seinem Gaumen fest. «Ebola?» fragte Jacobi verunsichert und sah im Geiste, wie der Student ihn anhustete und die feuchte Wolke mit Tausenden putzmunterer Viren in sämtliche seiner Körperöffnungen eingedrungen war.

«Muß nicht. Kann auch Lassa, Hanta oder Marburg sein. Oder vielleicht sogar ein ganz neuer Virus.»

Jacobi fluchte leise.

«Noch ist nichts endgültig geklärt, aber Sie haben sicher Verständnis, wenn wir in diesem Falle lieber auf Nummer Sicher gehen. Bereiten Sie Ihre Studenten bitte darauf vor, daß von nun an einige Sicherheitsvorkehrungen unumgänglich sind.»

«Selbstverständlich», sagte Jacobi tonlos.

Professor Fleischmann nickte und klopfte gegen die Glastür. Durch den Spalt konnte Jacobi erkennen, daß draußen nicht mehr dieselben Polizisten standen wie vorhin. Jetzt trugen die Männer Schutzanzüge und vollautomatische Waffen. Jacobi wußte jetzt, daß die Situation todernst war. Er rief seine Studenten auf dem Flur zusammen und versuchte sie, so gut es ging, auf das vorzubereiten, was nun kommen würde. Aber das konnte er nicht, weil er es selber nicht genau wußte.

Die Türen zur Station wurden aufgestoßen, und ein Trupp bewaffneter Männer in Schutzkleidung kam hereingestürmt. Auch Professor Fleischmann trug jetzt einen Schutzanzug.

«Sie müssen alle Ihre Kleidung ablegen. Alles, was Sie bei sich tragen, wird unverzüglich verbrannt», erklärte der Professor. Die Studenten glotzten und schienen die Anordnung nicht zu verstehen. Einer der Polizisten machte recht drastisch deutlich, wie das zu verstehen war. «Ausziehen, los jetzt!» befahl er quäkend durch seine Luftfilter. Drohend hielt er seine Waffe im Anschlag. Was wollte er tun? Jemanden, der nicht gehorchte, erschießen? Sinnlos. Der Arzt rief ihn zurück.

«Bitte ...» sagte er fast entschuldigend. «Sie müssen alles, was eine nosokomiale Infektion verursachen könnte, abgeben.»

Auch wenn niemand genau zu wissen schien, was eine nosokomiale Infektion war, zeigte dieses Wort Wirkung. Widerwillig begann Jacobi sich zu entkleiden. Die anderen folgten seinem Beispiel. Als er auch sein Handy weglegen sollte, gelang es ihm wenigstens noch, eine der einprogrammierten Nummern zu drücken. Er konnte nur hoffen, daß zumindest das Signal noch durchkam, bevor sein Handy und alles andere in den Plastiksäkken verbrannt wurde.

Gewöhnlich nahm Beck keine Frauen mit nach Hause. Aber gestern nacht hatte er eine Ausnahme gemacht. Nicht, weil das

Blondchen ihm besser gefiel als seine sonstigen Gespielinnen. Nein, er wollte einfach mal wieder gleich nach dem Sex einschlafen. Das war bei Nutten kaum möglich. Natürlich wußte er, daß er damit in Kauf nahm, daß die Frau womöglich heute morgen noch bei ihm frühstücken wollte. Oder womöglich sonstwelche absurden Ansprüche an ihn stellen konnte. Bei so einer konnte er sich nicht mit einem blauen Lappen aus der Affäre ziehen. Unprofessionelle Frauen neigten oft zu Überreaktionen, die sich in einer unpassenden Anhänglichkeit nach dem vollzogenen Akt artikulierten. Beck schaltete die Kaffeemaschine ein.

«Ouuh.» Das blonde Gift räkelte sich schläfrig auf seiner Matratze.

«Kaffee?» fragte Beck freundlich.

Blondi lächelte zufrieden. Wenigstens plapperte sie nicht soviel. Das war wohl der Grund, warum Beck das Risiko überhaupt eingegangen war, sie mit in seine Wohnung zu nehmen. Er hatte nur «Wolln wir ...?» gesagt. Sie hatte genickt und sich bei ihm untergehakt. Das war okay. Stumm war sie nicht, das hatte Beck eine Viertelstunde später in seiner Wohnung selbst erlebt. Auch wenn ihre Sprache wohl hauptsächlich aus Urlauten zu bestehen schien.

«Milch und Zucker?» Wahrscheinlich rührte sie einmal kurz um, nahm einen Schluck, der zu heiß sein würde und käme unweigerlich auf das Thema Beziehung oder Liebe zu sprechen.

Beck ging mit dem Kaffeebecher in der Hand zum Bett. Sie nahm den Becher und trank. Kein Wort.

«Wie heißt du?» wollte Beck wissen.

Blondi lachte und zeigte auf ihre Brust. Stimmt, da war etwas eintätowiert. «Monika!»

«Habe ich extra machen lassen, damit mir so was nicht dauernd passiert», erklärte Monika.

«Dauernd?» fragte Beck alarmiert. «Wie jetzt?»

«Die meisten Freier werden hinterher irgendwie sentimental. Einige fragen plötzlich nach deinem Namen, andere quatschen von Liebe. Vorher fragen sie nur: Wieviel?»

Beck fiel ein Stein vom Herzen. Das war eine Nutte. Na, dann konnte ja nichts schiefgehen. Monika stand auf. Mit einem geübten Handgriff hatte sie sich das ärmellose blaue Stretchkleid mit dem tiefen Rückenausschnitt übergezogen. Beck erinnerte sich, daß sie nichts anderes angehabt hatte als dieses Kleid und ihre Stielletostiefel. Keine Unterwäsche. Mit wakkelnden Hüften zupfte sie die Stoffalten zurecht und sah eine Sekunde später großartig aus. Bei Beck in der Hose vibrierte es. Sein Pieper. Er zog ihn heraus und betrachtete das einzeilige Display. Sein Typ wurde verlangt.

«Du mußt jetzt …» sagte Beck und griff hastig nach einem T-Shirt im Kleiderschrank.

«Schon klar», murmelte Monika und schlüpfte in die Stiefel. «Biste 'n Bulle?» fragte sie, als Beck den Schulterhalfter mit der Pistole umlegte.

«Ne, ne, keine Sorge», beruhigte Beck sie. «Freiwillige Feuerwehr.»

Monika lächelte spitz. «Sicher. Ich dachte eigentlich, die hätten nur Wasser in der Spritze!»

«Nun komm schon.» Beck schob sie unsanft durch die Tür hinaus auf den Flur und schloß zweimal ab. «Wir sehen uns», sagte Beck und dachte nicht im Traum daran. Er ignorierte ihr wissendes Grinsen und eilte am Aufzug vorbei. Die Treppen waren einfach schneller.

Jensen und Klinger erwarteten ihn bereits. Er war zu langsam gewesen. 6 Minuten 30 waren seit dem Eingang des Signals vergangen. Selbst die echte freiwillige Feuerwehr war schneller.

«Na, ausgeschlafen?» machte die Jensen ihn deshalb gleich an.

Beck winkte müde ab. «Was gibt's?»

«Wenn ich das wüßte, säßen wir hier nicht herum und starrten auf den Monitor!» grunzte Klinger.

«Es kam nur das Signal, aber Jacobi ist nicht da?»

«Können wir nicht mit dem Peilsender …?»

«Danke für den Hinweis, Beck! Was denkst du wohl, was ich hier treibe?»

Beck beugte sich vor und schaute auf den Monitor. Seit seiner Entführung trug Jacobi einen winzigen Peilsender. Er war direkt unter die Haut der Brust transplantiert worden. Wenn Jacobi jemals einen Schrittmacher bräuchte, dann könnten wir den von hier aus fernsteuern, behauptete Klinger.

«Er bewegt sich nicht!» stellte Beck fest. Der kleine blinkende Punkt auf dem Monitor schien auf der Stelle zu stehen.

«Das wäre auch ein Wunder», zickte Klinger. «Wenn sich der Punkt auch nur einen halben Zentimeter verschieben würde, hätte Jacobi halb Europa durchquert. Ich scanne noch.»

«Wo ist …?» Beck sah Klingers Blick und verzichtete auf die Frage. Dann fiel ihm etwas anderes ein. «Warum rufen wir ihn nicht einfach an?»

«Sein Telefon ist tot», grunzte Jensen. «Stell nicht laufend so blöde Fragen, sondern hilf mir lieber!»

Jensen hatte den Waffenschrank aufgeschlossen. Beck wurde klar, daß sie offensichtlich eine bedrohliche Situation vor sich hatten.

«Das ist nicht dein Ernst …» sagte Beck, als er sah, daß Jensen beherzt nach der 9-Millimeter-Calico griff. Beck wußte, daß dies Jensens Lieblingswaffe war. Schon deshalb, weil das Magazin 100 Schuß faßte. Was Jensen jedoch nicht davon abhielt, stets eine zusätzliche Patrone im Lauf bereitzuhalten. Man konnte nie wissen, ob es nicht der eine Schuß sein würde, der einem mal das Leben rettete.

«Was spricht dagegen?»

«Wir wissen doch noch gar nicht, was los ist!»

«Allzeit bereit!» verkündete Jensen. Jeder wußte, daß sie früher bei den Pfadfindern war.

Im Prinzip war Jensens Einstellung in Ordnung, deshalb ließ er sie lieber in Ruhe. Sollte sie doch wieder diese große Handtasche mit sich rumschleppen. Er würde ihr die nicht tragen. Bei ihren Kurven konnte sie die Calico jedenfalls nicht am Körper tragen. Dafür hatte sie ja noch ihre HK USP, die stopfte sie gerade unter ihren Pullover in den Hosenbund. Beck schüttelte den Kopf. Daß diese Frau nie einen Holster trug! Dann zog er vorsorglich die Glock 18 mit Laser-Pointer aus dem Schrank und legte einen zusätzlichen Yaqui-Holster an.

«Ich hab ihn!» rief Klinger. «Er ist im Hafenkrankenhaus, in St. Pauli!»

Jensen und Beck sahen sich an. «Ein Unfall?» Beck wollte die Glock schon wieder in den Schrank legen.

«Das glaube ich kaum», sagte Klinger. «Da ist was faul. Das Hafenkrankenhaus ist seit langem geschlossen.»

«Außerdem: Wenn er noch Zeit hatte, uns anzupiepen, warum konnte er dann nicht mehr ans Telefon gehen?»

«Da ist was dran», brummte Beck.

«Wir gehen jetzt», stellte Jensen klar. Klinger blieb an seinen Monitoren und beobachtete weiterhin das Peilsignal.

«Nehmen wir doch meinen Wagen!» schlug Beck auf dem Parkplatz vor.

«Der ist zu langsam», sagte Jensen und stieg ohne weitere Worte in ihren postgelben Z3. Beck hätte gerne noch etwas Vernünftiges eingewendet, aber leider hatte Jensen recht. Becks Alptraum begann, als Jensen mit quietschenden Reifen ausparkte.

«Frauen am Steuer ...» setzte er an, verstummte aber sofort, als Jensen die zweispurige Kreuzung bei Rot überfuhr. Er hatte kaum Zeit, die große Werbetafel mit der heutigen Schlagzeile der Morgenpost zu studieren: «VIRUS-ANSCHLAG IN HAMBURG! UNI VERSEUCHT! HUNDERTE VON STUDENTEN IN QUARANTÄNE!»

ZWEI

Jacobi befielen unter der Dusche plötzlich unangenehme Assoziationen. Man hatte ihn und seine Studenten durch einen langen Schlauch aus Plastikfolie in einen nüchtern gekachelten Duschraum geführt. Dort hatte man sie mit einer Desinfektionslösung behandelt, und einer der Männer im Schutzanzug hatte sie alle gründlich mit einem Wasserschlauch abgespritzt. Es stand zu befürchten, daß man ihnen als nächstes die Haare abrasieren würde. Aber davon hatte man dann doch Abstand genommen. Statt dessen legte man ihnen Krankenhauskleidung bereit. Jacobi suchte spontan nach einer Nummer. Eigentlich spaßeshalber. Aber er fand sie. 30724. Jacobi schluckte und legte den Anzug an. Es war keine übliche Krankenhauskleidung. Sie bestand aus einer Art Kunststoff und schloß an den Armen und Beinen mit einem Gummizug ab. Außerdem war da noch so eine Art Kapuze. Offenbar glaubte man, daß die Internierten irgendwann gefährliche Flüssigkeiten absondern könnten.

Falls es sich wirklich um ein hämorrhagisches Fieber handelte, würde dieser ganze Zirkus auch nichts nützen. Wenn Jacobi wenigstens noch sein Handy hätte! Er fühlte sich wie kastriert. Kein Kontakt zur Außenwelt. Hier drinnen konnte er verrecken, ohne daß es überhaupt jemand zur Kenntnis nahm. Alles, was er brauchte, wäre sein Omega-Team, die würden ihn hier schon rauspauken.

Jensen war mit Höchstgeschwindigkeit in das, was man unmöglich eine Parklücke nennen konnte, hineingeschlittert. Erst im allerletzten Moment trat sie die Bremse kraftvoll durch. Tatsächlich berührte sie dabei weder den 600er Mercedes noch den Lieferwagen auf der anderen Seite. Jensen grinste breit. Beck schüttelte verständnislos den Kopf und versuchte seine Tür zu öffnen. Sie ging nicht mal eine Handbreit auf.

«Na toll ...» grunzte er.

Jensen lachte nur, riß das Verdeck auf und klappte es mit einem geübten Griff nach hinten weg. Mit einem Sprung war sie über das Heck aus dem Wagen gesprungen. Beck folgte ihr nörgelnd. «Mit dir fahre ich nie wieder!»

«Bla, bla. Hör auf zu jammern!»

Beck und Jensen schritten energisch auf den Eingang des Hafenkrankenhauses zu. Ein MEK-Beamter mit einer Uzi im Anschlag versperrte ihnen den Weg.

«Hier können Sie nicht rein.»

Beck zog seinen Ausweis heraus. Den hatte er damals, als er unfreiwillig den Grenzschutz verlassen mußte, einfach als verloren gemeldet.

«Sehr schön! Den können Sie wieder einstecken. Der nützt Ihnen gar nichts!»

«Hören Sie», erklärte Beck bestimmt. «Wir suchen Victor Jacobi. Er befindet sich hier im Krankenhaus. Soviel wissen wir. Und nun möchten wir zu ihm. Daran wollen Sie uns doch wohl nicht hindern, oder?»

Der Polizist lachte gehässig. «Das ist Sperrgebiet. Hier kommt niemand, absolut niemand, rein. Wenn Ihr Herr Jacobi da drin ist, dann kommt der mit Sicherheit nicht raus.»

«Können Sie uns nicht wenigstens sagen, was los ist?» fragte Beck ungehalten.

«Das würde mich auch interessieren.» Beck drehte sich um. Renate Wolf vom Abendblatt. Die hatte Beck gerade noch gefehlt. Seine Abneigung gegen Frauen mit Presseausweisen hatte sich während seiner Zeit beim Grenzschutz gebildet. Diese Art Frauen wurde man einfach nicht wieder los.

«Ich fordere Sie auf, das Gelände unverzüglich zu verlassen!» sagte der Polizist und schob den Lauf seine Uzi drohend vor.

«Laß mich mal!» sagte Jensen und schob sich an Beck vorbei. Mit einem Griff hatte sie ihre Handtasche geöffnet, und der

Beamte hatte die Calico unter seinem Kinn. «Guck mal, meiner ist viel größer. Und der kann auch öfter, wolln wir wetten?»

Beck war genervt. Mußte Jensen schon wieder so eine Show abziehen? Und dann auch noch ausgerechnet vor dieser rothaarigen Pressefee? Renate Wolf nutzte die Gelegenheit und schlüpfte schnell durch die Tür. Jensen nickte Beck zu. Der seufzte und verschwand ebenfalls durch die Tür. Wenigstens konnten sie so den Wachmann passieren.

Drinnen kamen sie zwar nicht weit, aber weit genug, um zu sehen, daß hier sehr eigenartige Dinge vorgingen. Durch den Flur des zweiten Stocks zog sich ein Schlauch aus durchsichtiger Folie. In diesem Schlauch gingen einige Menschen wie eine Gruppe Strafgefangener den Flur entlang. Alle trugen die gleichen weißen Overalls. Beck entdeckte nur durch einen Zufall Jacobi. Er rief nach ihm, war aber nicht sicher, ob Jacobi ihn überhaupt hören konnte.

In diesem Moment klickten mehrere Verschlußmechanismen, teilweise die einer Uzi. Dieses Geräusch konnte Beck unter Hunderten identifizieren. Das Einrasten des Verschlußblocks klang bei der Uzi einfach billig, so als wenn zwei hohle Plastikstücke zusammenschlugen. Jensen und er waren umringt vom MEK. Einige der Beamten trugen Schutzanzüge und sahen aus wie von einem anderen Planeten. Aber alle hatten sie ihre Waffen auf sie gerichtet.

Auch Jensen hatte ihre geliebte Calico im Anschlag. «Nicht drängeln», rief sie. «Ist genug für alle da!»

Der Pressemaus schien diese Geschichte nun doch zu heiß zu werden. Sie drängte sich dicht hinter Becks Rücken.

«Ganz ruhig!» rief Beck. «Nichts passiert! Jensen ...!»

Jensen ließ widerwillig die Waffe sinken. Hinter ihnen waren Jacobi und einige der anderen stehengeblieben und verfolgten die Szene gespannt. Beck hätte sie gerne beiseite gewunken, schließlich standen sie genau in der Schußlinie.

«Beck, Beck, Beck!» rief plötzlich eine bekannte Stimme hinter dem Wall aus schwerbewaffneten Polizisten. Krüger drängte sich durch die Beamten und gab ihnen ein Zeichen, daß sie die Knarren runternehmen sollten. «Als ich gehört habe, daß Jacobi hier ist, wußte ich, daß ihr früher oder später auftauchen würdet.»

Beck wußte nicht, ob er erleichtert war, Krüger zu sehen. Er kannte Krüger noch von der GSG 9. Krüger war damals sein Gruppenführer. Eigentlich waren er und Krüger Freunde, aber andererseits: Wo Krüger war, da gab es Ärger ohne Ende. Anders als Beck hatte sich Krüger hochgedient. Er hatte diese Art, mit nichts bei niemandem anzuecken. Inzwischen war er zum Mann für die ganz heiklen Dinger geworden.

«Die Pressetante möchte gehen», sagte Krüger tonlos. Zwei Uniformierte hakten sie rasch unter und schleppten den zeternden Rotschopf wieder hinunter zur Tür. Pressefreiheit war für Krüger schon immer ein Reizwort gewesen.

«Ebola oder Hanta», sagte Krüger dann unerwartet mitteilsam und deutete auf die Leute in dem Plastikschlauch.

«Was?» fragte Beck ungläubig. «Wie?»

Einer der Isolierten schrie auf einmal auf. «Die lassen uns hier verrecken! Ich bin doch gar nicht infiziert.» Der Mann rannte auf die Plastikwand zu. Wahrscheinlich hätte er sie zerrissen, wenn Jacobi und ein paar andere ihn nicht aufgehalten hätten. Alle Leute ohne Schutzanzug waren mechanisch einen Schritt zurückgetreten.

«Ich wollte nur einen Schein für ein 1a Seminar», kreischte der junge Mann und brach heulend in Jacobis Armen zusammen.

«Den bekommen Sie ja auch!» tröstete er ihn.

Krüger erzählte Beck von dem Studenten, der während der Vorlesung zusammengebrochen war. Jensen kümmerte sich derweil um Jacobi. Seine Stimme drang gedämpft durch das Plastik.

Er brauchte Kommunikationsmittel. Dringend. Jensen rief Klinger per Handy an. Der sollte ihm einen Laptop und ein Handy vorbeibringen. Mehr konnten sie für Jacobi im Moment nicht tun. Wenn er tatsächlich infiziert … Jensen weigerte sich, diesen Gedanken zu Ende zu führen. Seit sie ihre Eltern durch ein Attentat verloren hatte, war Jacobi wie ein zweiter Vater für sie gewesen. Sie hatte sich geschworen, nie wieder hilflos mit ansehen zu müssen, wie jemand, der ihr nahestand, starb. Dafür hatte sie körperlich hart trainiert. Dafür hatte sie ihre Waffen. Und all das brachte sie in dieser Situation keinen Zentimeter weiter. Wütend ging sie zu Beck.

«Wir müssen was tun!»

«Schon klar», sagte Beck. «Vielleicht besuchen wir mal diesen Studenten …»

«Im Tropeninstitut!» Jensen zog ihn an der Schulter mit sich.

«Ist vielleicht besser, wenn ich fahre, du bist so …»

«Halt den Mund und steig ein!»

Als sie vom Parkplatz fuhren, bemerkte Beck, daß die Pressefee ihnen folgte.

«Nicht mehr lange», grunzte Jensen mürrisch, und Beck zog blitzartig den Gurt etwas fester. Warum hatte er nicht den Mund gehalten? Nein, er mußte ja Jensen noch einen Grund geben, das Gaspedal voll durchzutreten. Als ob sie den bräuchte! Wenn es ihn jemals bei einem Einsatz erwischen sollte, dann in einem Auto, das wußte er seit langem. Und es war ihm auch völlig klar, wer in diesem Moment am Steuer sitzen würde.

Markus Weber fühlte sich beschissen. Das heißt, «beschissen» war gar kein Ausdruck. Er fühlte den Tod in jeder Vene, in jedem Organ, in jedem Knochen. Sein Mund war mit irgendwas verklebt. Wahrscheinlich Blut. Er konnte nicht schlucken, und er konnte die Augen nicht öffnen. Aber er konnte die linke Hand bewegen. Markus betastete vorsichtig sein Gesicht. Er war intubiert, und seine Augenlider waren abgeklebt worden. Kurz vor der Ohnmacht hatte er blutigen Auswurf beim Husten gehabt, daran konnte sich Markus noch deutlich erinnern. Ihm war nicht klar, wo er war oder was man hier glaubte, was er für eine Krankheit hatte. Markus wußte jedoch genau, was sein plötzliches Fieber ausgelöst hatte. Schließlich hatte er jahrelang in einem Labor der Sicherheitsstufe 4 gearbeitet. Mit Viren. Verdammt humorlosen Viren. Diese Art von Viren, die den kleinsten Fehler sofort persönlich nahmen. Ein winziger Riß in der Kleidung, eine undichte Stelle im Atemgerät, selbst eine ungeschickte Bewegung bedeuteten in den meisten Fällen einen qualvollen Tod.

Wohin auch immer man ihn gebracht hatte, er wußte, daß ihm hier niemand helfen konnte. Wenn es überhaupt eine Chance für ihn gab, dann konnte ihm nur ein einziger Mensch auf dieser Welt helfen. Der würde aber mit Sicherheit nicht hierherkommen, um ihn zu behandeln. Wenn er überleben wollte, mußte er sich schleunigst auf den Weg machen.

Markus riß sich eine Menge Wimpern ab, als er das Leukosilk entfernte. Auch der Tubus war sorgfältig verklebt. Es war nicht ganz ungefährlich, ihn allein zu entfernen. Aber mehr als sterben konnte er schließlich nicht. Er verletzte sich am Rachen und berührte beim Herausziehen fast zwangsläufig den Kehldeckel, was einen nicht unterdrückbaren Würgereiz auslöste. Markus erbrach sich. Die Hälfte des Erbrochenen war Blut. Verängstigt schaute Markus sich um und erholte sich schwer atmend ein wenig. Er saß unter einem Sauerstoffzelt. Hermetisch abgeriegelt. Sie wußten also Bescheid! Vielleicht wußten sie nicht, welchen Virus er in sich trug, aber sie wußten, daß er brandgefährlich und ansteckend war. Wenn er jetzt die Elektroden abreißen würde, käme sofort jemand angelaufen, um nach ihm zu sehen. Wahrscheinlich stand vor der Tür eine Wache, die ihn, wenn es nötig wäre, erschießen würde.

Seine einzige Chance war das Fenster. Er konnte nur hoffen, daß er sich nicht im zehnten Stock befand. Als Markus seine Kräfte ein wenig gesammelt hatte, quälte er sich aus dem Bett. Die Elektroden mußten so lange wie möglich an seinem Körper bleiben. Nicht aber die Infusionen. Er drehte die Schläuche nicht zu, sondern zupfte sie einfach nur ab.

Da stand ein Stuhl gleich neben dem Waschbecken. Lächerlich, als wenn ihn jemand besuchen würde! Er hob den Stuhl über den Kopf, um ihn durch das Fenster zu werfen. In diesem Moment ging der Alarm los. Markus starrte auf den Monitor. Das Gerät zeigte einen Puls von 210 an. Nur weil er den Stuhl angehoben hatte! Mein Gott, dachte er. Ich bin so gut wie tot. Auf dem Flur hörte er Schritte, und das war bestimmt keine Krankenschwester. Oder arbeiteten die hier in schweren weißen Kampfstiefeln?

Die Doppelscheibe zerbarst mit einem dumpfen Knall, als der Stuhl hindurchflog. Wenigstens das hatte geklappt. Hinter ihm wurde die Tür aufgerissen. Aber es war zu spät. Er nahm Anlauf und sprang kopfüber durch das zerbrochene Fenster.

Gott sei Dank waren jede Menge freier Parkplätze vor dem Bernhard-Nocht-Institut. Also mußte Jensen ihre Einparkkünste nicht noch einmal unter Beweis stellen. Sie parkte auch prompt quer auf zwei Plätzen und bremste abrupt. Jensen war mit Sicherheit die Frau mit dem wenigsten Gefühl in Beinen und Füßen. Obwohl sie sehr schöne Beine hatte. Beck fluchte leise.

«Da stimmt was nicht», sagte Jensen und trat schon wieder heftig aufs Gas. Sie fuhr direkt auf das kleine Stück Rasen. Dort konnte man die Rückseite des Tropeninstitutes einsehen, und es wimmelte von Polizisten. Jensen brachte den Wagen unmittelbar neben einem der Beamten, der den Fußweg hinter dem Krankenhaus absperrte, zum Stehen. Der Polizist hatte offenbar weder Zeit noch Interesse, sich über diese Ordnungswidrigkeit aufzuregen.

«Was ist los?» fragte Beck. «Ist der Student ...»

«Aus dem Fenster gesprungen», erklärte der Beamte sofort.

«Tot?»

«Verschwunden!»

Jensen und Beck sahen sich an. Das war das Schöne an Jensen. Wenn es darauf ankam, verstanden sie einander wortlos. Beck sprang aus dem Wagen, und Jensen startete mit haltlos rotierenden Rädern durch.

Beck lief an dem Polizisten vorbei zur Rückseite des Hafenkrankenhauses. Da lag ein Stuhl auf dem Rasen, der da ganz sicher nicht hingehörte. Daneben war jede Menge Blut zu erkennen und ein tiefer Eindruck in dem weichen Boden. Aber eine Leiche fehlte. Beck sah hinauf. Ein Fenster im zweiten Stock war zerbrochen. Na, weit würde er nicht kommen.

«Wie weit kann der schon kommen?» fragte Beck die Ärztin, die kopfschüttelnd neben ihm auf den Rasen starrte.

«So weit er will», sagte sie dumpf.

«Aber er ist doch verletzt? Völlig fertig?»

«Den hält nur der Tod auf. Der ist bis unter die Haarspitzen vollgepumpt mit Adrenalin. Sonst hätten wir den gar nicht mehr zurückholen können.»

Beck sah sich um. Wohin zum Teufel wollte der zu Fuß fliehen? Über dem Krankenhaus kreiste ein Polizeihubschrauber, der zur Verstärkung gerufen worden war. Die Polizisten gruppierten sich, um eine wohlgeordnete Suchmaßnahme einzuleiten. Idioten! Keine Intuition. Beck lief einfach los. Etwas weiter vorne führte ein kleiner Fußweg hinunter zu den Landungsbrücken im Hafen. Nur 500 Meter Luftlinie von hier war eine U-Bahn-Station. «Wenn ich der wäre ...» dachte Beck und wußte Bescheid.

«Auch schon da?» rief er der Wolf zu, als er an ihr vorbeispurtete. Offenbar hatte Jensen sie nicht wirklich abgehängt. Aber die sollte mal versuchen, ihm in ihren Pumps auf den Fersen zu bleiben. Beck lachte und drehte sich im Laufen noch mal um. Sie versuchte es tatsächlich. Das war vielleicht ein Geier auf dem unebenen Asphalt. Na dann! Beck beschleunigte noch mehr. Doch die Wolf blieb hinter ihm. Es hatte natürlich Zeit und ein Paar Strumpfhosen gekostet, als sie die Schuhe ausgezogen hatte. Aber sie blieb dran, keine Frage.

Klinger fand den Anblick seines Chefs hinter all dem Glas und Plastik entsetzlich deprimierend. Erst gab es ausgiebige Diskussionen, aber dann brachte einer der Männer in den Schutzanzügen den Laptop und das Telefon doch noch durch die improvisierte Luftschleuse.

«Es sieht verdammt schlecht aus», sagte Jacobi, nachdem er das Handy in Betrieb genommen hatte. Das war schon blödsinnig. Da standen Klinger und er nur wenige Meter voneinander durch ein Stück Plastik getrennt und telefonierten miteinander.

«Ein weiterer Fall von Fieber ist aufgetreten», erklärte Jacobi. «Eine meiner Studentinnen ist gleich hier vorn auf dem Flur zusammengebrochen. Sie hat sich übergeben und liegt jetzt weiter hinten isoliert. Ich fürchte ...»

«Wir holen Sie da raus!» behauptete Klinger, um Jacobi zu beruhigen.

«Ach was! Das ist Unsinn, und das wissen Sie auch.»

«Hast du Kontakt zu Beck?» mischte sich plötzlich Krüger in das Gespräch ein.

«Natürlich.»

«Das ist eine ganz ausgewachsene Scheiße, was hier läuft», fluchte Krüger. «Dieser gottverdammte Dummkopf ist abgehauen! Der infiziert die halbe Stadt. Wo zum Teufel sollen wir die ganzen Leute hinsperren, die der unterwegs ansteckt?!»

«Wo habt ihr ihn denn zuletzt gesehen?» fragte Klinger.

«Der Hubschrauber hat ihn auf dem Weg zur U-Bahn ausgemacht. Und Beck war ihm dicht auf den Fersen.»

«Der wird ihn schon kriegen», behauptete Klinger.

«Er soll ihn aber nicht kriegen. Ruf ihn an. Niemand darf diesem Aussätzigen zu nahe kommen! Jeder Meter, den der Kerl durch meine Stadt läuft, bringt uns Hunderte von Infizierten! Er soll ihn einfach erschießen.»

«Was?» fragte Klinger, als ob er nicht richtig gehört hätte.

«Wenn er ihn erwischen kann, soll er ihn sofort erschießen. Und er soll schön weit weg bleiben. Den Rest erledigen dann meine Männer, die sind unmittelbar hinter ihm.»

Klinger sah zu Jacobi herüber. Der hatte dieser Unterhaltung nur deshalb folgen können, weil Krüger so wütend schrie. Jacobi zog zweifelnd die Augenbrauen zusammen.

«Ich glaube, Sie lassen sich da zu sehr hinreißen.»

«Wir kriegen eine gottverdammte Epidemie, wenn der Kerl nicht von der Straße verschwindet», brummte Krüger betreten.

Beck hörte eine Menge Sirenen. Inzwischen hatte wohl auch die Polizei kapiert, wohin der Hase lief. Die nahenden vierzig Jahre und seine frühere Sauferei machten sich in seinen Lungenflügeln bemerkbar. Fünfhundert Meter, das waren mindestens tausend, und die dusselige Wolf lief vielleicht ihre Fußsohlen durch, aber die rauchte ganz bestimmt nicht. Sie hatte mächtig aufgeholt.

Der Platz an den Landungsbrücken war voller Menschen. Beck registrierte, daß die Menschenmenge vor etwas auszuweichen schien. Das mußte die Zielperson sein.

Mein Gott, dachte Beck, wenn der Kerl nun alle infiziert hatte. Und was sollte er tun, wenn er ihn eingeholt hatte? Er konnte ihn schlecht festhalten, schließlich trug er keinen Schutzanzug.

Hecheln erreichte er den unteren Aufgang zur Fußgängerbrücke. Mit reichlich Gummiabrieb hielt gleichzeitig Jensens Wagen zwischen zwei Betonpollern. Sie hatte die andere U-Bahn-Station nördlich von dieser hier überprüft, und nachdem sie dort nicht fündig geworden war, wollte sie nun Beck zu Hilfe kommen. Beck nahm einen flachen Atemzug und gab Jensen ein Zeichen, indem er mit seinem Finger seinen Hals durchschnitt. Jensen hatte verstanden und sofort ihre geliebte Calico gezogen. Dann hechtete Beck die Stufen hoch. Waffe ziehen und Laser-Pointer einschalten war eine Bewegung. Das hatte er tausendfach geübt. Sein Ziel befand sich bereits auf der anderen Seite der Brücke. Wenn er ihn jetzt nicht erwischte, wäre der Mann in der U-Bahn verschwunden.

Der Laserstrahl tanzte auf der Menschenmenge vor ihm auf und ab. Dann wurde er ruhig. Er mußte ihn kampfunfähig schießen und sofort isolieren. Die Menschenmenge um die Zielperson herum teilte sich und hinterließ eine leere Blase. Für eine Sekunde lang stand das Ziel allein in seinem Visier. Er drückte ab. Die 9-Millimeter-Parabellum löste sich lautstark aus dem Lauf und machte sich auf den Weg. Beck konnte förmlich sehen, wie die Kugel dem Laserstrahl folgte. Er sah auch, wie die Zielperson kurz vor dem Einschlag nach rechts in den Tunnel abbog.

«Daneben», grunzte Jensen.

«Oder auch nicht!»

Unten am Fuße der Brücke fuhren eine Menge Rettungsfahrzeuge und Polizeiwagen vor.

«Los jetzt», feuerte ihn Jensen an.

Auch Beck sah die U-Bahn, die gerade von St. Pauli in den Bahnhof einfuhr.

Beck zwang seine Beine zum Laufen. Ihm wurde fast übel von der Rennerei. Oder hatte er sich womöglich bereits infiziert? Als er um die Ecke zu den Bahnsteigen laufen wollte, stieß er mit einem dort beheimateten Zeugen Jehovas zusammen, der seinen Wachturm schützend vor sich hielt. Was Beck nicht daran hinderte, den Mann an die Wand zu schubsen, um sich Platz zu verschaffen.

«Das Ende der Welt ist nahe!» klärte ihn der Mann besorgt auf.

«Es ist gerade an dir vorbeigelaufen», schimpfte Beck lautstark und vergeudete dabei unnötig Zeit und Energie.

Jensen und Beck erreichten zusammen mit der einfahrenden U-Bahn den Bahnsteig. Sie hielten Ausschau nach der Zielperson. In dem Menschengewirr des Ein- und Aussteigens beinahe sinnlos. Schon piepte es an den Türen. Das Signal, daß die Bahn jeden Moment abfahren würde. Beck und Jensen warteten bis zum allerletzten Moment. Der Kerl mußte wohl schon im Zug sein.

«Nicht ohne mich!» Die Wolf hatte einen Fuß in die sich schließende Tür gehalten und versuchte sich durch den Schlitz zu drängen. Das gelang ihr jedoch nicht vollständig. Beck schüttelte den Kopf. Das war entschieden der falsche Zeitpunkt für solche Spielchen. Aber er drückte die Türen, so weit er konnte, wieder auf. Als er sie losließ und die Türen wie ein Fallbeil zusammenknallten, war die Wolf bis auf ihren Rock hindurchgeschlüpft. Beck mußte grinsen. Die war wirklich hartnäckig. Sie trennte sich kurz entschlossen von ihrem Rock, um mehr Bewegungsfreiheit zu haben. Ihre Bluse klebte auf der Haut. Sie trug keinen BH, aber dafür helle Seidenstrümpfe. Das waren im Moment eigentlich Nebensächlichkeiten, die nur der Mann in Beck automatisch registrierte. Und natürlich Jensen.

«Schau mir in die Augen und sag: ‹Ich liebe dich!›», kommentierte sie seinen Blick zynisch.

Beck sah sie verärgert an. Es war nun wirklich nicht seine Schuld, daß die Jensen sich immer so … so … zweckmäßig kleidete. Außerdem war er nebenbei halt auch nur ein …

«Ich hätte jetzt wirklich gern eine Havanna», sagte Jacobi. Seine Frau stand nun schon gut fünf Minuten vor dem Plastikvorhang. Ihre Hände lagen aufeinander. Aber sie berührten sich nicht. Die Plastikfolie trennte sie. Das war eine Art «Safer Hallo», und das paßte keinem von beiden wirklich.

«Ich komme rein zu dir», sagte Elisabeth mit ruhiger Stimme.

«Das geht nicht», wehrte Jacobi ab. «Und es hilft mir nicht.»

«Aber mir.»

«Hör auf mit diesem Unsinn, Elisabeth.»

«Wenn du sterben mußt, in Ordnung. Aber ich drücke dir nicht das letzte Mal die Hand durch einen Plastikvorhang. Das ertrage ich nicht.»

Jacobi wurde nervös. Er kannte die Dickköpfigkeit seiner Frau.

«Du begibst dich völlig unnötig in Gefahr!»

Elisabeth lächelte und wendete sich ab. Sie ging zu dem diensthabenden Arzt und verlangte, eingelassen zu werden.

«Wir haben keinen Anzug übrig, tut mir leid», lehnte der Arzt ab.

«Ich brauche keinen Anzug», stellte Elisabeth klar.

Der Arzt lachte. «O doch, den brauchen Sie. Ohne darf ich Sie da ganz bestimmt nicht reinlassen.»

«Klinger!»

Klinger saß auf der Bank und schaute von seinem Computer auf.

«Ich möchte zu Victor.»

«Das geht jetzt nicht, Frau Jacobi», sagte Klinger voller Mitgefühl.

«Muß ich erst den Vorhang zerreißen und andere gefährden?»

«Warten Sie mal», rief der Arzt nervös. «Schwester …»

«Klinger!» rief Elisabeth fordernd.

Klinger wußte, wie sehr Elisabeth ihren Mann liebte und

daß sie wenig Berührungsängste mit dem Tod hatte. Schließlich arbeitete sie ehrenamtlich unter anderem in einem Aids-Projekt. Sie kümmerte sich dort um Patienten im Endstadium.

«Doc», sagte er eindringlich. «Lassen Sie sie rein!»

«Unmöglich! Ich habe einen Eid …»

Klinger postierte sich unangenehm nahe vor dem Arzt und starrte ihn an. Der Arzt rieb sich nervös die Hände.

«Los! Machen Sie schon!»

Für solche Fälle war er nicht ausgebildet worden. Das war grob unvernünftiges Verhalten, und er wußte nicht, wie er entscheiden sollte.

«Aber ich lasse Sie keinesfalls wieder raus! Das ist Ihnen doch klar?»

Elisabeth nickte ernst. Der Arzt seufzte und öffnete die Luftschleuse. Sie verabschiedete sich von Klinger und trat, ohne zu zögern, ein. Jacobi beobachtete das Ganze mit arg gespaltenen Gefühlen. Aber als sie ihn dann umarmte, war er dankbar für jeden Zentimeter ihrer Haut, den er spüren konnte.

«Ich hoffe, Sie wissen, was Sie da getan haben!»

«Mit zürnenden Tränen im Auge, stürmt' ich hin, wo der Tod mir gewiß war», zitierte Klinger trocken Hölderlin. Er steckte die Pistole weg und widmete sich wieder seinem Computer.

Markus rieb sich nervös die Handgelenke. Sie waren blutverschmiert. Er sah ein Stück Knochen durch die Hose ragen. Wieso fühlte er keine Schmerzen, das Bein mußte mehrfach gebrochen sein? Die Leute in der U-Bahn wichen erschreckt vor ihm zurück. In den Scheiben konnte er sehen, was sie sahen. Ein von Kopf bis Fuß blutüberströmtes, humpelndes Monstrum. Sein Gesicht war kaum noch zu erkennen. Seine Haare klebten blutig an dem Kopf. Unruhig sah er von einem Fahrgast zum anderen. Was wollte er hier? Wie sollte er es denn jemals schaffen, in diesem Zustand durch die Paßkontrolle am Flughafen zu kommen? Er hatte ja weder Papiere noch Geld bei sich. Und hier saß er in der Falle. Er mußte raus aus dieser U-Bahn. Die Zeit wurde knapp. Er mußte hier raus. Sofort!

Beck sah sich um. Sie befanden sich in einem der mittleren Waggons. Die Zielperson war nirgends zu sehen. Jensen stieß ihn an und zeigte in den Waggon vor ihnen. Durch die Trennscheiben konnte er ihn sehen. Die Zielperson wanderte unruhig an der Waggontür hin und her. Wenn sie in den nächsten Bahnhof einfuhren, gäbe es 50 weitere Infizierte. Beck dachte nach.

Jensen hielt Nachdenken in dieser Situation für eine nicht angemessene Reaktion. Solche Entscheidungen mußten in Bruchteilen einer Sekunde gefällt werden. Sie hob den Lauf ihrer Calico und ließ eine Kugelsalve das erste Fenster zerbersten. Im Nachbarwaggon entstand schlagartig Panik. Die Passagiere warfen sich zu Boden. Eine zweite Kugelsalve zertrümmerte die übriggebliebene Trennscheibe des Nachbarwaggons.

«Beeeeeck!»

Beck hatte verstanden. Mit der Calico konnte sie schlecht auf die Menge halten. Becks Laser-Pointer erfaßte das Ziel. Einschuß unmittelbar unter der Herzkammer. Markus wurde zurückgeworfen. Ein Blutstrahl pulsierte aus seiner Brust.

«Den Kopf!» schrie Jensen. Tatsächlich bewegte sich Markus' Hand zur Notbremse gleich über ihm. Dieses verdammte Adrenalin. Der Kerl war zum Tier geworden. Beck reagierte blitzschnell. Zwei Kugeln waren auf dem Weg. Beide trafen den Kopf, aber im gleichen Moment griffen die Bremsbacken der Notbremse mit aller Gewalt zu.

Beck verlor den Halt und flog hart gegen die Vorderwand des Waggons. Um ihn herum schrien Leute auf. Ein Körper traf Beck schwer in den Rücken. Er hörte förmlich, wie seine Wirbelsäule zerbarst. Aber das Geräusch kam nur von einer Packung zerbrechender Spaghetti, die samt mehreren Gemüsesorten aus einer Plastiktüte neben seinem Kopf kullerten. Dann folgten die Eier und die Milchtüten. Beck wollte sich aufrichten, aber über 100 Kilo Lebendmasse mit ihrer Tagesration an Einkaufstüten lagen auf ihm und wimmerten verstört.

«Alles klar, Beck?» fragte Jensen.

Beck stieß die dicke Frau unsanft von sich herunter. Sie schrie erneut auf. Diesmal wütend. Irgend etwas war wohl bei ihr gebrochen. «Alles klar», stöhnte er und versuchte, sich von den Essenresten zu befreien.

«Hast ihn erwischt!» bemerkte Jensen anerkennend, als wenn das nicht selbstverständlich gewesen wäre.

Beck griff nach seiner Waffe unter der Sitzbank. In den Waggons sah es aus wie auf einem Kriegsschauplatz. Die Wolf lag bewußtlos zwischen zwei Bänken. Die Zielperson war nur noch ein blutiger Klumpen an der Waggonwand. Und wer noch stehen konnte, bewegte sich taumelnd und ziellos durch den Zug.

«Was jetzt?» fragte Beck.

Auch Jensen war ratlos. «Die Leute dürfen die U-Bahn nicht verlassen», sagte sie und sah sich nach eventuell Flüchtenden um.

«Bleiben Sie ruhig! Verlassen Sie nicht die Wagen», dröhnte es in diesem Moment aus den Lautsprechern der U-Bahn. Ein Hubschrauber kreiste über ihnen. Beck sah hinunter. Die U-Bahn war ziemlich ungünstig auf einer Hochbrücke zum Stehen gekommen. «Prost Mahlzeit!»

Krüger fuhr zusammen mit dem Einsatzleiter der Feuerwehr vor. Das Bild, das sich ihnen hier bot, war eine kaum lösbare Aufgabe für die Rettungskräfte. Die Polizei hatte bereits den gesamten Platz vor den Landungsbrücken in einen gigantischen Kessel verwandelt. Zwischen Landungsbrücken und Baumwall steckte der Zug auf einer Stahlträgerkonstruktion, die die ganze Straße überspannte, fest. Die Feuerwehr hatte damit begonnen, die Waggons mit riesigen Plastikfolien abzudecken. Eine weitere Gruppe von Polizisten verfrachtete die Passanten aus dem Kessel nach und nach in Busse.

«Da oben in den Zügen sind jede Menge Schwerverletzte», informierte ihn der Einsatzleiter der Polizei.

«Die Passanten bringen wir in die Kaserne nach Fischbek», entschied Krüger. «Hoffen wir, daß sich von denen keiner angesteckt hat.»

Die eigentliche Gefahr ging von dem U-Bahn-Zug aus. Dort mußten Verletzte geborgen und ein Tunnel errichtet werden, durch den die Insassen in die Spezialbusse der Feuerwehr gebracht werden konnten.

«Wenn auch nur ein einziger Infizierter ...» Krüger brauchte den Satz nicht zu vollenden, die Kollegen wußten allesamt, wie ernst die Lage war.

Wenigstens hatten sie endlich den Studenten identifiziert, so daß sich jetzt sein soziales Umfeld ermitteln ließ. Auch dort konnten noch jede Menge Infektionsherde zu finden sein. Jeder von ihnen wäre eine tödliche Zeitbombe, wenn er nicht augenblicklich isoliert werden würde. Krüger ließ eine Liste erstellen und schickte einige Männer los.

Die Passagiere der U-Bahn wurden zu den anderen stark gefährdeten Personen ins Hafenkrankenhaus verlegt. Hilfskräfte aus allen umliegenden Kliniken wurden angefordert und die Isolierstation über drei Etagen erweitert.

Jacobi freute sich natürlich, Beck und Jensen wohlbehalten wiederzusehen. Weniger erfreut war er darüber, daß sich die beiden jetzt auf seiner Seite des Todesvorhanges befanden.

«Im Prinzip sind wir handlungsunfähig», stellte er nüchtern fest.

«Schachmatt!» sagte Jensen wütend.

«Na, noch haben wir Klinger da draußen», warf Beck ein.

Jensen lachte spöttisch. «Was soll der denn allein mit seinem Computer schon groß machen?»

Klinger war in die Zentrale zurückgekehrt und jagte den Namen Markus Weber durch alles, was ihm technisch zur Verfügung stand. Das war bei weitem mehr, als die Polizei tun konnte.

DREI

Um 6 Uhr morgens war es noch kühl. Katrins Haut zog sich vor allem an den Beinen und Armen zusammen. Gänsehaut. Sie hatte ja auch kaum etwas auf den Rippen, das sie vor der Kälte zu schützen vermochte. Die anderen Frauen schienen die feuchte Kälte kaum zu spüren. Sie legten wortlos ihre weißen Gewänder an und machten anschließend ihre Betten in dem gemeinsamen Schlafsaal. Seit dem Tod von Jo di Mambro, dem göttlichen Kind, hatte ihre kleine Gruppe der Sonnentempler Unterschlupf bei den Brüdern vom Thule-Orden gefunden. Hier waren sie sicher und konnten sich in Ruhe auf ihren Transit zum Sirius vorbereiten. Dort würde es sicherlich niemals so kalt sein.

Katrin schüttelte die einsetzende Steifheit aus ihren Gliedern und zog ihr Gewand über. Dann folgte sie den anderen Frauen zum Speiseraum. Schweigend nahmen die Frauen der Sonnentempler die Schüssel mit Brei von einem Mitglied des Thule-Ordens entgegen. Auch wenn der Thule-Orden ihnen Unterschlupf gewährte, so waren sie doch keine echten Freunde von ihnen. Genaugenommen waren sie sogar Feinde. Der Thule-Orden war von seiner Überzeugung her eher ein Feind der Flamme des göttlichen Lichtes. Auch ihnen gegenüber galt für alle Sonnentempler die Omertà, das Gebot des Schweigens.

Nach der kargen Mahlzeit mußten die Quartiere gereinigt werden. Katrin war dabei, den Flur zu den Waschräumen zu schrubben. Auf den Knien arbeitete sie sich Zentimeter für Zentimeter vor. Sie sah hinauf zu dem Licht. Aber das war ja nur eine nackte 50-Watt-Glühbirne, und ein Fenster hatte dieser Flur nicht. Für einen Sonnentempler war es wahre Folter, für Wochen von dem Licht ferngehalten zu werden. Von dem großen Licht, das sie anbeteten und das ihre einzige Hoffnung in dieser zum Untergang verurteilten Welt war. Aber es mußte wohl sein. Da draußen waren sie nicht sicher. Nur hier in den Katakomben des Thule-Ordens waren sie in der Lage, sich auf den Transit vorzubereiten. Sie nahm die mühsame Arbeit mit dem Feudel wieder auf.

«Katrin!» flüsterte eine Männerstimme.

Frank Mantell blieb mit den Müllsäcken in der Hand gleich neben ihr stehen. Er stellte die Säcke ab.

«Katrin! Hör zu, wir müssen endlich an den Stab des Lichts kommen», flüsterte er, während er so tat, als ob er die Tüten nicht mehr tragen konnte, und sich langsam die Handinnenflächen massierte. Katrin nickte. Der Stab war Gott sei Dank hier im Tempel des Thule-Ordens. Er war der Schlüssel zu ihrem Transit. Wenn er damals im Chalet von Granges-sur-Salvan den Behörden in die Hände gefallen wäre, gäbe es für die zurückgebliebenen Templer keinen Weg mehr, den Sirius zu erreichen. Aber der Großmeister des Thule-Ordens hatte persönlich dafür gesorgt, daß dies nicht geschehen war. Er hatte den Stab rechtzeitig hierher in Sicherheit gebracht. Frank hob die Säcke wieder an und ging langsam weiter. Hier hatten die Wände Ohren und die Türen Augen. Nichts blieb dem Großmeister des Thule-Ordens verborgen. Überall lauerten seine Spione.

«Heute nacht!» flüsterte Frank. «In der großen Halle!»

Dann war Katrin wieder allein mit ihrem Feudel auf dem nicht enden wollenden dunklen Flur.

Eine lange und unruhige Nacht lag hinter Jacobi. Richtigen Schlaf hatte er wohl nicht gefunden. Auch alle anderen Patienten auf der Krankenstation wanderten die halbe Nacht lang über die Flure. Wer jedoch Schlaf fand, hatte mit seinen Alpträumen zu kämpfen. Immer wieder hörte man aus den Zimmern jemanden im nächtlichen Selbstgespräch oder undefinierbare Stöhnlaute ausstoßen. Seit die erste Studentin erkrankt war, hatte die ungläubige Verwunderung über ihre Lage nackter Angst Platz gemacht. Von diesem Augenblick an war allen klar gewesen, daß sie da draußen in der richtigen Welt noch etwas Dringendes zu erledigen hatten. Alle ihr Gedanken kreisten nur noch um die Hoffnung, dem in jedem Atemzug lauernden Tod noch einmal von der Schippe zu springen.

Elisabeth wirkte gefaßt. Ihr schien die Situation kaum etwas auszumachen, seit sie sich entschlossen hatte, an der Seite ihres Mannes dem nahenden Tod entgegenzutreten. Beck und Jensen berieten draußen auf dem Flur, was sie nun tun könnten. Jensen konnte mit dieser Situation am schlechtesten umgehen. Hilflosigkeit war beileibe nicht ihre Sache. Lieber Aug in Aug mit dem Feind der tödlichen Kugel entgegenlaufen. Aber das hier? Einfach nur herumzusitzen und abzuwarten, ob man vielleicht anfing zu sterben oder nicht? Ne, so hatten sie nicht gewettet!

Jacobi klopfte ihr behutsam auf die Schulter. Ein bißchen Zuspruch konnte sie jetzt gut gebrauchen. Eine Schwester im Schutzanzug verteilte auf dem Gang Frühstück. Beck wollte los und ihnen allen eine Portion holen. Aber Jensen hielt ihn zurück.

«Laß mich das machen!» bettelte sie fast. «Und wenn ich dreimal laufen muß, dann sind wenigstens wieder fünf Minuten um.»

Beck zuckte mit den Achseln und kratzte sich gelangweilt am Kinn. Um solche Arbeiten riß er sich nun wirklich nicht. «Die ist ja lammfromm.», stellte er zufrieden fest. «Hat wohl Angst, unsere Madame.»

«Angst hat sie nicht, sie fühlt sich nur schrecklich hilflos», erklärte Jacobi.

In diesem Moment wurde auf der anderen Seite des Flures die Luftschleuse geöffnet. Professor Fleischmann betrat die Isolationszone. Jacobi hielt die Luft an. Er stieß Beck an den Ellenbogen und zeigte auf den Arzt. Wenn irgendwo ein Arzt auftauchte, wußte man nie, ob es gute oder schlechte Nachrichten sein würden, die er überbrachte. Meistens waren es schlechte. In diesem Fall aber würden es zweifellos gute Nachrichten sein. Das war für Jacobi so sicher wie das Amen in der Kirche. Denn: Professor Fleischmann trug keinen Schutzanzug. Die Möglichkeit, daß er sich ebenfalls infiziert hatte, schloß Jacobi kategorisch aus.

Noch während Professor Fleischmann Jacobi die Hand schüttelte und ihn wieder unter den Lebenden begrüßte, begannen im Hintergrund die Pfleger und Polizisten die Plastikvorhänge im Flur zu entfernen.

«Was ist los?» fragte Jacobi. «Doch kein hämorrhagisches Fieber?»

«Hämorrhagisches Fieber schon», erklärte Fleischmann. «Ihr Student ist zwar nicht daran gestorben, aber er wäre es mit ziemlicher Sicherheit. Es handelte sich um eine Infektion mit dem Lassa-Virus.»

«Aber?» Jacobi hob fragend die Hände.

«Eine ausgesprochen eigenartige Variante des Original-Lassa-Stammes. Sozusagen eine kastrierte Version!» erklärte der Professor sichtlich zufrieden. Denn auf die Auszeichnung, die meisten Patienten im Laufe eines Jahres verloren zu haben, konnte Fleischmann gut verzichten.

«Was?» fragte Jacobi den Professor. Er hatte wohl nicht alles von dem, was Fleischmann gesagt hatte, verstanden, weil in diesem Augenblick auf dem Gang der Station ein lautstarker Jubelsturm losbrach. Die Studenten feierten geräuschvoll ihr neugewonnenes Leben und tobten kreischend und johlend über die Gänge.

«Kommen Sie hier hinein, Herr Professor», forderte Jacobi ihn auf. Sie zogen sich in das Krankenzimmer zurück und schlossen die Tür.

Elisabeth strahlte ihren Mann überglücklich an, und der nahm sich die Zeit, sie zu küssen, bevor er sich daranmachte, Fleischmann mit Fragen zu bombardieren.

«Was heißt denn nun kastriert?» wollte er wissen.

«Er ist nicht so leicht übertragbar wie der Originalstamm. In der Außenwelt ist dieser Virus nicht in der Lage, länger als den Bruchteil einer Sekunde zu überleben. Daher hat es vorerst keine weiteren Infektionen gegeben. Nur der direkte Austausch von Blut hätte zu einer Infektion führen können.»

«Aber das Blut auf meinem Jackett, ich hatte doch ...»

«Seien Sie unbesorgt, wir haben jeden eingewiesenen Patienten überprüft. Keiner trug den Virus in sich», unterbrach ihn Fleischmann.

«Und meine Studentin ...» warf Jacobi ein.

«Kein hämorrhagisches Fieber», erklärte der Arzt. «Sie leidet vielmehr an Bulimie. Daher das Erbrechen.»

«Und das Fieber?»

«Könnte eine psychosomatische Reaktion sein. Wahrscheinlich hatte sie panische Angst, daß man ihre Krankheit hier entdeckt und sie womöglich zwangsernährt. Ich habe einen Kollegen von dem Fall unterrichtet. Er wird sich um das Mädchen kümmern.»

Jacobi schüttelte ratlos den Kopf. Ein kastrierter Virus? Was es nicht alles gab? Wie sollte sein Student sich damit infiziert haben? «Wo kommt denn so ein kastrierter Virus her, wenn man sich damit nicht einfach so anstecken kann?»

Professor Fleischmann schien in diesem Fall ebenso ratlos zu sein. «Also, auf natürlichem Wege ist der sicherlich nicht entstanden. Das ist ein regelrechter Designer-Virus. Den hat jemand unter hohem Aufwand entwickelt.»

«Ist das schwierig?»

«Wenn er nicht kastriert wäre, bräuchten Sie ein Labor mit der Sicherheitsstufe 4 und einen absoluten Weltklasse-Biologen, der darin arbeitet.»

«Das können ja nicht allzu viele sein, oder?»

«Ein gutes Dutzend Leute kenne ich schon, die Ihnen so etwas züchten könnten», sagte der Arzt.

«Sie eingeschlossen?»

Fleischmann lachte. «Vielleicht. Ich kann es Ihnen gar nicht mal sagen. Dieser Virus ist ja nicht nur kastriert, was an sich schon ein kleines genetisches Meisterwerk ist. Da wurde zusätzlich noch ein riesiger Bereich der DNA verändert.»

«Mit welchem Ziel», fragte Jacobi höchst interessiert.

«Das könnte ich Ihnen sagen, wenn es mir gelungen wäre, diesen kleinen bösartigen Gesellen zu züchten. Aber so?! Keine Ahnung. Er hat offenbar außer seiner tödlichen Funktion noch eine Eigenart, die wir zur Zeit versuchen zu analysieren.»

Jacobi dachte nach. Wozu sollte jemand einen Virus züchten, der nur durch Blutaustausch weitergegeben werden konnte?

«Das ist nicht unbedingt gesagt», unterbrach Fleischmann Jacobis lauten Gedankengang. «Es könnte sich um einen Prototyp handeln. Eine Variante, mit der man unter niedrigsten Sicherheitsvorkehrungen genetische Experimente macht. Später, wenn der Virus die gewünschten Eigenschaften hat, fügt man die ursprünglichen Gene wieder ein und schwupp, schon hat man wieder eine geladene Waffe.»

«Sie glauben, daß es sich um einen militärischen Versuch handelt?»

«Ich kenne niemanden, der in der Lage wäre und ein Interesse daran hätte, ein so tödliches Instrument zu bauen. Das Problem ist doch, daß man die Waffe nicht stoppen oder sich selbst davor schützen kann. Eigentlich handelt es sich um eine völlig sinnlose und wirkungslose Waffe. Eben weil man sie niemals abfeuern kann. Mit derart unnützem Zeug befaßt sich eigentlich ausschließlich das Militär.»

Jensen öffnete die Tür und kam mit zwei Tabletts herein.

«Entschuldigung. Ich habe hier etwas zu essen.» Jensen stellte ein Tablett mit Frühstück vor Elisabeth ab und eines vor Jacobi.

«Für mich nicht …?» fragte Beck.

«Bin ich hier Mutter Jensen? Du bist ein ausgewachsener Mann und kannst dich ja wohl selbst ernähren!»

«Oh, Madame ist wieder gut drauf …» Beck grinste.

«Dann ist es doch sehr wahrscheinlich, daß es irgendwo noch mehr von diesen Viren gibt?» murmelte Jacobi und vergaß vorerst seinen Hunger. «Und die könnten natürlich über die Atemwege ansteckend sein?»

«Schon möglich», sagte Professor Fleischmann. «Aber ich hoffe wirklich, daß ich die nie zu Gesicht bekomme.»

«Sie informieren mich aber, falls Sie die unbekannte genetische Information entschlüsselt haben?»

«Sie haben ja reichlich Vertrauen in meine Künste», freute sich Fleischmann. «Aber ohne die Hilfe von Professor Haushofer wird das ein Rätselraten ohne absehbares Ende. Haushofer ist meines Wissens nach der einzige, der Ebola-, Lassa- und Marburg-Erreger so gut wie seine eigene Westentasche kennt.»

«Warum bitten Sie ihn dann nicht um Hilfe?»

«Habe ich ja. Doch er weilt nicht mehr in Hamburg, aber meine Sekretärin ist gerade dabei, seinen derzeitigen Aufenthaltsort zu ermitteln.»

«Gut!» sagte Jacobi und biß in das belegte Brötchen, das seine Frau ihm fürsorglich geschmiert hatte. «Aber Sie halten mich trotzdem auf dem laufenden!»

Fleischmann versprach's und verließ Jacobis Zimmer, um nach der Studentin zu sehen. Die wollte er nicht einfach so ziehen lassen. Bulimie war nicht sein Fachgebiet, aber dennoch eine ernste Sache.

«Wollen wir noch länger hier rumhängen?» maulte Jensen ungeduldig.

Eigentlich gab es keinen Grund mehr, nur eine Minute länger hierzubleiben. Jensen war mit diesem Krankenhaus fertig. Ein für allemal. Vielleicht sogar mit allen Krankenhäusern dieser Welt.

«Wir treffen uns in der Zentrale in … sagen wir mal, in zwei …» Jacobi warf einen Blick auf seine Frau. «Besser in vier Stunden. Zur Lagebesprechung.»

Jensen nickte. «Los, Beck, ich nehme dich mit!»

«Danke, ich nehme lieber die U-Bahn, das ist sicherer», winkte Beck ab.

«Wie du willst. Ich muß jetzt jedenfalls endlich mal duschen und …»

« … und was?»

«Meine Waffe reinigen.»

Katrin horchte angespannt. Im gesamten Schlafsaal wurde die Luft gleichmäßig durch viele Kehlen eingesogen. Alle schliefen. Leise schlug Katrin die dünne Bettdecke zurück und legte ihr Gewand an. Die Sandalen ließ sie lieber stehen. Katrin wollte sich möglichst geräuschlos bewegen, auch wenn der steinerne Fußboden viel zu kalt für ihre bloßen Füße war. Hinter der Tür des Schlafsaals lag der lange Gang. Nachts war er unbeleuchtet. Frank würde an der Kreuzung zum zweiten Hauptweg auf sie warten. Der Schlafsaal der Männer lag sehr viel weiter südlich. Die schwere Holztür quietschte in den Scharnieren. Katrin hielt inne und lauschte wieder. Keiner war davon aufgewacht. Sie zwängte sich quer durch den schmalen Spalt. Die Tür noch weiter zu öffnen konnte sie nicht riskieren. Mit der rechten Hand versuchte sie, die Tür vorsichtig wieder zuzuziehen. Vergeblich! Sie klemmte. Katrin ließ die Klinke los und versuchte, an der Tür selbst zu ziehen. So hatte sie mehr Kraft.

Dennoch bewegte sich diese verdammte Tür keinen Millimeter.

Ein spitzer erstickter Schrei entfuhr ihr, als eine fremde Hand sich auf ihre Hand legte.

«Wo willst du hin?» fragte Martina flüsternd. Selbst so leise gesprochen, hörte sich die Frage nach einem polizeilichen Verhör an. Katrin überlegte, ob sie nicht aufs Klo mußte. Der kalte Fußboden und der Gedanke an die Toilette sorgten dafür, daß sie nun tatsächlich dringend mußte.

«Ich komme mit», sagte Martina und schob sich ebenfalls durch den Türspalt. Es quietschte nochmals alarmierend, als sie die Tür dafür noch einige Zentimeter weiter aufschieben mußte.

Martina war gefährlich. Sie gehörte zu den Mitgliedern der Sonnentempler, die früher gegnerische Organisationen ausspioniert hatten. Es hieß, sie habe sich sogar bei Opus Dei eingeschlichen und dort zwei Jahre lang unerkannt Informationen gesammelt. Außerdem munkelte man, sie sei an dem Diebstahl des Stabes des Lichtes beteiligt gewesen, der sich seinerzeit im Besitz von Opus Dei befand.

Martina wartete vor der Kabinentür, bis Katrin sich erleichtert hatte. Warum war sie mitgekommen, wenn sie selbst nicht mußte? Wahrscheinlich ahnte sie etwas und wollte Katrin überwachen. Es war nur die Frage in wessen Auftrag.

«Und nun?» fragte sie, als Katrin gespült und die Tür wieder geöffnet hatte.

«Ich geh wieder ins Bett», flüsterte Katrin.

«Ach was. Du solltest keine Geheimnisse vor mir haben, Schwester!»

«Ich habe keine Geheimnisse.»

«Wollen wir wetten?» Nein, das wollte Katrin nicht. Sie versuchte, an Martina vorbei den Raum zu verlassen, aber die hielt sie am Arm fest.

«Es ist besser, du sagst mir, was du vorhattest», sagte Martina, und ihr Griff war hart wie eine Eisenklammer an ihrem Handgelenk. Aber Katrin schwieg. Martina zog sie unerwartet heftig am Handgelenk zurück in die Toilettenkabine. Mit dem Fuß kickte sie die Tür zu, und die andere Hand war sekundenschnell an ihrem Hals. Nasenspitze an Nasenspitze standen sie sich gegenüber. Martina war um einiges größer und kräftiger als sie. Katrin verzichtete vernünftigerweise auf jede Gegenwehr.

«Ich habe genug Möglichkeiten, es aus dir herauszuholen. Das kannst du mir glauben. Aber ich will, daß du mir vertraust.» Martinas Augen funkelten sie in der Dunkelheit wie zwei Jadesterne an. «Du bist doch meine Glaubensschwester, oder etwa nicht?»

Katrin nickte mit dem Kopf.

«Also ...!»

Katrins Blase meldete sich schon wieder. Diesmal aus Angst. «Ich muß noch mal.»

«Sag mir erst, was du vorhattest!»

«Wir ... ich wollte den Stab des Lichts holen», sagte sie nach kurzem Zögern und knickte etwas in den Beinen ein, um den Druck zu vermindern.

Martina ließ sie los, und Katrin stürzte auf die Kloschüssel.

«Wer ist ‹wir›?»

«Frank Mantell und ich», sagte Katrin erleichtert und entspannte sich.

«Nur ihr beide? Sonst niemand?»

Katrin schüttelte den Kopf

Martina schien einen Moment zu überlegen.

«Wie wolltet ihr mit dem Stab von hier fliehen?»

«Fliehen? Wir wollten nicht fliehen. Mit dem Stab wollten wir zum Sirius», erklärte Katrin und griff nach dem Klopapier.

Martina schüttelte den Kopf. Sie schien mit diesem Plan nicht ganz einverstanden. «Wir brauchen den Stab, um allen

Sonnentemplern den Transit zu ermöglichen. Deshalb müssen wir alle gemeinsam fliehen und die anderen Templer zusammensuchen. Erst dann kann der Transit beginnen.»

Damit war Katrin natürlich einverstanden. Sie hatte keineswegs vor, die Gruppe zu hintergehen. Nur das Warten hatte sie satt. Das Leben in dem Tempel des Thule-Ordens war auch nicht gerade komfortabel. Sie stand auf und wollte sich sofort auf den Weg machen.

«Verdammt kalter Fußboden», nörgelte Martina. «Die könnten hier auch mal eine Fußbodenheizung einbauen. Warte noch ...» Offenbar traute Martina ihr nicht. Sie hielt Katrin am Handgelenk fest und setzte sich.

VIER

Jensen kam von der Toilette zurück. Beck war wieder einmal der letzte, der im Omega-Hauptquartier im Freihafen eingetroffen war. Aber nun waren sie endlich vollzählig. Die Zentrale war kürzlich ausgebaut worden. Jetzt roch es überall nach Farbe, aber endlich waren sie technisch wieder auf dem neuesten Stand. Ihre High-Tech-Ausrüstung wurde ergänzt durch einige Spezialfahrzeuge in der Garage, ein Wasserflugzeug in der kleinen Halle, einen Kabinenkreuzer am Anleger und einen Hubschrauber auf dem Dach.

«Viel hat der Computer über diesen Markus Weber nicht ausgespuckt», erklärte Klinger. «Im Zusammenhang mit dem Virus scheint mir jedoch interessant, daß dieser Weber als Nebenfach Biologie studiert und einige Semester in einem Labor gejobbt hat.»

«Es ist nicht wahrscheinlich, daß der Virus an der Universität gezüchtet wurde. Die verfügen längst nicht über die entsprechenden Möglichkeiten», sagte Jacobi. «Da werden doch nur die Mittel gekürzt. Meiner Meinung nach suchen wir nach einem Labor der Pharmaindustrie. Hatte er da irgendwelche Kontakte?»

«Nein. War eigentlich ein ganz normaler Student, der auf dem besten Wege war, ein arbeitsloser Lehrer zu werden. Mit der Industrie hat der nie etwas am Hut gehabt.»

«Im privaten Umfeld etwas Außergewöhnliches?» wollte Jensen wissen.

«Die Eltern starben bei einem Zugunglück. Einzige Verwandtschaft ist eine Schwester, die wahrscheinlich geheiratet hat oder ins Ausland gezogen ist. Hier ist sie jedenfalls nicht gemeldet.»

«Politische Aktivitäten?» fragte Jacobi.

«Absolut null. Wie gesagt, das einzige, was wir haben, ist das Biologielabor. Wenn wir der Sache nachgehen wollen, dann dort.»

«Wollen wir das denn überhaupt?» Beck lehnte sich in seinem Sessel zurück. «Ich meine, der Virus breitet sich nicht aus, was also sollte uns an dem Fall jetzt noch interessieren?»

«Mein lieber Beck», setzte Jacobi zu einem seiner berühmten Vorträge an. «Wir sind das Omega-Team. Unser Name bezieht sich auf eine Theorie von Teilhard de Chardin, wonach sich am Punkte Omega Geist und Materie schneiden, also das Bewußtsein entsteht. Dieses Bewußtsein ist es, das uns von einem gewöhnlichen Backstein unterscheidet und das die abendländische Kultur vor dem Rückfall in die Barbarei zu schützen vermag. Solange auch nur der geringste Verdacht besteht, daß irgend jemand auf dieser Welt mit solchen Killerviren herumexperimentiert, ist es die Aufgabe eines jeden, der sich dem Omega verschrieben hat, dafür zu sorgen, daß damit kein Unfug getrieben wird.»

«Und wenn es nur diesen einzigen Virenstamm gab?» warf Beck ein.

«Dann beweisen wir eben, daß es nur diesen Stamm gab.»

Jensen und Klinger sahen ihren Mitstreiter belustigt an. Der würde es nie kapieren. Für Beck waren die Fälle erledigt, wenn keine unmittelbare Gefahr bestand. Aber niemals für Jacobi, der den Sachen so lange nachging, bis absolut kein Weg mehr weiterführte.

«Also, kommen wir zum Wesentlichen», forderte Jacobi. «Alles, was wir haben, ist dieser Laborjob. Dort setzen wir an.»

«Es handelt sich um eine Forschungsgruppe der Hamburger Uni unter Professor Haushofer ...»

«Haushofer? Der Virenexperte?»

«Anscheinend. Die Gruppe beschäftigte sich damit, Viren zu züchten, die ...» Klinger stutzte und lachte. «Das muß ein Übertragungsfehler sein. Hier steht: ... die Kuhmilch mit Erdbeeraroma anreichert.»

«Also, wenn ich das richtig verstehe», folgerte Beck schwerfällig, «wollten die Kühe züchten, die Erdbeermilch geben?!»

Klinger hatte die Projektbeschreibung nochmals studiert. «Ne, die wollten Spritzen entwickeln, mit denen man die Milch in der Kuh mit jedem Aroma anreichern konnte. Also diese Woche Erdbeere, nächste Woche Kakao ... ganz nach Bedarf.»

Jacobi schüttelte den Kopf. «Kein Wunder, daß denen die Mittel eingefroren werden. Wer unterstützt bloß so ein schwachsinniges Projekt?»

«Die Salt and Water Enterprises. Firmensitz in Blue Curaçao.»

«Ich hätte eher auf Müller-Milch getippt», scherzte Jensen.

«Danke, Klinger. Aber die Frage war rein rhetorisch gemeint. Also, Leute. Wir haben eine Spur. Klinger und Beck, Sie ermitteln den Aufenthaltsort von Professor Haushofer. An der Uni ist der nicht mehr, soviel weiß ich bereits. Jensen, Sie begleiten mich zur Uni. Vielleicht können wir herausfinden, warum unser Professor dort in den Sack gehauen hat.»

Jacobi sprang voller Tatendrang auf.

«Wir können doch meinen Wagen nehmen», rief Jensen und hielt ihrem Chef die Tür auf.

Martina schob Katrin durch die offene Kabinentür hinaus. Auf leise platschenden Sohlen schlichen sie den Gang hinunter bis zur ersten Kreuzung. Sie spähten nach rechts und links. Niemand zu sehen. Dann schlichen sie weiter bis zum nächsten Quergang mit den Unterkünften der Männer. In der Dunkelheit ließ sich nicht viel erkennen. Frank hätte gleich neben ihr hocken können und Martina hätte ihn nicht bemerkt.

«Frank», rief sie gedämpft in die Dunkelheit.

Keine Antwort. Sie versuchte es nochmals.

«Wo ist denn der?» fragte Martina ungeduldig.

«Keine Ahnung. Vielleicht sind wir zu spät und er hat sich schon allein auf den Weg gemacht.»

«Was warten wir dann noch hier? Die Versammlungshalle liegt dahinten rechts.» Martina zeigte in die Dunkelheit hinter sich.

«Vielleicht hat er es sich aber auch anders überlegt!» überlegte Katrin.

«Na und?»

«Wir sollten besser zurück in den Schlafsaal.»

Martina griff Katrin hart ins Genick. «Hör mal, ich riskiere hier nicht Kopf und Kragen und ziehe dann einfach wieder ab.»

«Was sollen wir denn machen?»

«Wir ziehen das notfalls allein durch. Das werden wir machen.»

«Aber ...»

«Kein Aber. Los jetzt!»

Martina gab ihr einen Klaps auf den Hintern, wie wenn man einen störrischen Esel antrieb.

Der große Versammlungssaal des Thule-Ordens war von

Fackeln hell erleuchtet. An den Wänden hingen rote Fahnen mit leuchtendweißen Kreisen, in denen drei schwarze Blitze abgebildet waren. In der Mitte der Halle stand ein schwerer Eichentisch, der durch den ganzen Saal bis hin zur Stirnseite führte. Und in dem unruhigen Schein der Flammen sah Katrin eine Gestalt, die sich auf der anderen Seite an etwas zu schaffen machte. Die beiden Frauen ließen sich auf die Knie fallen und begannen vorsichtig, an der rechten Stuhlreihe vorbeizukriechen.

Als sie nah genug gekommen waren, erkannte Katrin Frank Mantell, der versuchte, den Stab des Lichtes aus dem Glasschrein an der hinteren Wand zu bekommen. Der Schrein war offensichtlich abgeschlossen.

Katrin wollte schnell weiter nach vorne kriechen. Sie hatte nicht mitbekommen, wie sich aus einem der kleinen Seitengänge der Halle ein Schatten gelöst hatte und jetzt auf sie zukam. Erst als ihre Hände fast die blankgeputzten Stiefel auf dem Boden vor ihr berührten, sah sie erschreckt auf. Ein Thule-Bruder. Katrin wollte laut schreien, um Frank zu warnen, aber eine Hand hatte ihr von hinten blitzschnell den Mund zugehalten. Dann drückte sie Martinas schweres Gewicht zu Boden.

«Es ist nur noch der eine», zischte Martina, und die schweren Lederstiefel entfernten sich beinahe lautlos.

Das Glas des Schreins klirrte. Frank war es wohl nicht gelungen, auf anderem Wege an den Stab zu kommen. Im gleichen Moment hörte sie Stimmen. Die Thule-Brüder rückten von allen Seiten an. Sie konnte nur hoffen, daß es Frank gelang zu fliehen. Aber schon peitschten vier Schüsse durch die Halle. Ein Querschläger schwirrte hallend durch den Raum und ... Frank fiel tot zu Boden. Katrin konnte ihn durch die vielen Stuhlbeine unter dem Tisch hindurch sehen.

«Warum?» fragte Katrin, als sich die Hand von ihrem Mund löste.

«Ich lege keinen besonderen Wert auf den Transit», brummte Martina. «Habe eine bessere Mitfahrgelegenheit gefunden.»

«Aber das Licht! Willst du nicht das ewig reine Licht berühren?»

«Mach dir nicht so viele Gedanken um mich. Die Thule-Brüder werden euch den Transit zum Sirius gestatten. Schon bald sogar.»

Martina lag noch immer schwer auf ihrer ehemaligen Glaubensschwester. Aber es war noch jemand zu ihr hinzugetreten. Sie sah weiße Lackschuhe, weiße Nylons und den Saum eines ebenfalls weißen Kittels. Dann hockte sich die Person, die neben ihr gestanden hatte, hin.

«Keine Angst, meine Kleine. Das hier wird dir die nötige Ruhe verschaffen.»

Katrin sah eine farblose Flüssigkeit aus der Injektionsnadel spritzen. Dann verspürte sie einen kleinen Stich im Oberarm. «Wir haben doch eine lange Reise vor uns, da wollen wir doch möglichst ausgeruht sein», sagte die weiche, samtige Frauenstimme und verschwand bei jedem Wort etwas weiter in der fernen Dunkelheit des Raumes.

Jensen und Jacobi betraten nach einem kurzen Anklopfen das Dienstzimmer von Privatdozent Dr. Jürgends.

«Oh, entschuldigen Sie», brummte Jürgends und schwang seine Beine von der Couch. «Ich habe nur ein kleines Nickerchen gemacht.» Er schlüpfte in ein Paar Slipper, zog seine Strickjacke zurecht und reichte seinen Gästen die Hand.

«Dr. Jürgends, mein Name ist Victor Jacobi, wir hatten uns ja bereits telefonisch angemeldet.»

«Ja, ja, sicher. Es ging um Professor Haushofer und seine Arbeit, nicht wahr?»

«Genaugenommen wüßten wir gerne, wo wir ihn finden können?»

«Da kann ich Ihnen nun leider gar nicht weiterhelfen. Ich weiß nur, daß er ein Angebot aus der freien Wirtschaft angenommen hat, aber wo ...?»

«Vielleicht könnten Sie mir ja etwas mehr über die Forschungen von Professor Haushofer erzählen», versuchte es Jacobi freundlich.

Jürgends spielte mit einer Kristallkugel, die als Briefbeschwerer auf seinem Schreibtisch herumstand. «Ich habe zwar sein Labor übernommen. Damit bin ich sozusagen sein Nachfolger geworden. Aber ich habe natürlich meine eigenen Forschungsgebiete.»

«Und die wären?»

«Was?»

«Ihre Forschungsgebiete.»

«Nun, ich suche nach einer Möglichkeit, mit Hilfe von Viren genetische Informationen in Zellen zu schleusen, die dann deren ungehemmtes Wachstum verhindern», erklärte Jürgends amüsiert.

«Krebstherapie?»

«Genau.»

Jacobi suchte Blickkontakt mit Jensen. Er schien ihr etwas sagen zu wollen. Jensen folgte seinem Blick. Das Telefon. Sie hatte verstanden.

«Ich muß mir mal das Näschen pudern. Wenn die Herren mich entschuldigen ...»

Draußen auf dem Gang rief Jensen im Hauptquartier an. Klinger sollte eine lückenlose Überwachung von Jürgends einleiten. Sie nannte ihm die Durchwahl von Jürgends. Damit konnte er als erstes einmal das Telefon abhören.

Jacobi hatte unterdessen versucht, von Jürgends zu erfahren, weshalb Professor Haushofer seine gutdotierte Stelle an den Nagel gehängt hatte. Aber aus Jürgends war einfach nichts herauszukriegen, er hielt sich immer sehr vage und bedeckt. Jensen gab Jacobi ein Zeichen, daß alles in die Wege geleitet war. Jacobi stand auf, bedankte sich für die kostbare Zeit, die Jürgends ihm geopfert hatte, und verließ mit Jensen das Zimmer.

«Der weiß doch mehr, als er zugibt», behauptete Jensen.

«Das sehe ich genauso. Aber er wird uns schon noch das eine oder andere erzählen, denke ich. Jetzt haben wir aber erst einmal Wichtigeres vor. Kommen Sie, Jensen.»

Einige Minuten später standen sie vor einem etwa fünfzigjährigen graumelierten Zerberus von Bibliothekarin. An dieser Frau kam kein Buch und kein Gerücht vorbei, das nicht auf Herz und Nieren von ihr geprüft worden war. Jacobi hatte offenbar schon mit ihr zu tun gehabt. Ohne große Worte schob er eine Schachtel mit Marzipankonfekt über den Tisch, hinter dem sie saß und Bücher stempelte. Jensen hatte sich schon gewundert, als Jacobi auf dem Weg zur Bibliothek eine Konfektschachtel gekauft hatte. Eigentlich war ihr Boss keine Naschkatze.

Die Bibliothekarin sah über den Rand ihrer überaus altmodischen Halbbrille, die an einer Kette aus Kunstperlen hing, hinweg.

«Herr Jacobi, das ist aber schön», sagte sie mit weicher, melodischer Stimme, die selbst einen Stahlschrank hätte schmelzen lassen. Jensen machte unwillkürlich einen Schritt zurück.

«Frau von Seekendorf. Ich dachte, ich schaue mal wieder bei Ihnen vorbei. Ist ja lange her, daß ich Ihnen meine Aufwartung gemacht habe.»

«Sie haben mich vernachlässigt, das kann man wohl sagen», zirpte Frau von Seekendorf. «Darf ich Ihnen trotzdem einen Kaffee anbieten?»

«Aber sehr gerne.»

Jensen zögerte und wollte ablehnen. Doch ein kurzer Rempler mit dem Ellenbogen korrigierte Jensens Wünsche. Jacobi nickte anerkennend.

«Niemals widersprechen!» flüsterte Jacobi ihr zu, als Frau von

Seekendorf schwergewichtig hinter dem Regal verschwunden war, wo offenbar die Kaffeemaschine stand. Es dauerte nicht lange, und sie kam mit zwei Bechern in der Hand wieder hervor. Sie stellte die beiden Becher vor Jacobi und Jensen ab und zeigte auf die leeren Stühle vor ihnen. Jensen und Jacobi setzten sich wie auf Kommando.

«Junger Mann!» brauste Frau von Seekendorfs Stimme mit der röhrenden Urgewalt eines Orkans über ihre Köpfe hinweg. Wo war das Zirpen, das noch eben in ihrer Stimme gelegen hatte, geblieben? Jensen duckte sich.

Hinter Jensen war ein schmalgesichtiger, blasser Student in der Bewegung erfroren.

«Was haben Sie denn da unter Ihrer Jacke?»

Der Student zog widerwillig ein Buch hervor und zeigte es ihr.

«Das ist nicht zum Ausleihen bestimmt. Das wissen Sie doch ganz genau!» Es war nicht mehr ganz soviel Kraft in ihrer Stimme, aber immer noch genug Energie, um jeden Widerspruch im Keim zu ersticken.

«Ich hätte es ja zurückgebracht.»

Frau von Seekendorf schüttelte den Kopf, und die Kette ihrer Brille begann zu klimpern. «Das können Sie nur hier lesen!»

«Aber ich ...»

«Habe ich mich nicht klar ausgedrückt?»

Der Student nahm das Buch und wollte sich wieder in die Tiefe der Bibliothek zurückziehen. Frau von Seekendorf schnalzte mit der Zunge. «Na, na. Sie setzen sich mal schön hier vorne hin und lesen. Da kann ich Sie besser im Auge behalten.»

Sie beobachtete aufmerksam, wie der Student sich setzte, und wandte sich dann zufrieden wieder ihren Gästen zu.

«Was kann ich denn nun für Sie tun?» fragte sie und hatte im gleichen Atemzug auf Honig in der Stimme umgeschaltet.

«Wie kommen Sie darauf, daß ...»

Ein Zungenschnalzen unterbrach die Frage.

«Sie wollen mir doch wohl nichts vormachen! Wenn Sie schon mal vorbeikommen ...» zirpte sie. Beherzt griff sie mit langen, rotlackierten Fingernägeln nach einem Stück Marzipan und schob es fast sinnlich zwischen ihre Lippen. «Und dazu noch mit Konfekt!» setzte sie nach einem Bissen kokett hinzu.

«Sie haben recht. Also: Es geht um Professor Haushofer.»

Ein langgezogenes «Hmmm» von Frau von Seekendorf. Es war nicht klar, ob es dabei um das Marzipan oder um Haushofer ging.

Jensen nahm einen Anstandsschluck von dem Kaffee. Beinahe hätte sie ihn wieder ausgespuckt. Aber das hätte Frau von Seekendorf ganz sicher nicht gefallen. Mühsam, fast würgend, schluckte sie ihn herunter. Das war bitter.

«Warum ist er nicht mehr an der Uni?» fuhr Jacobi fort und ließ seinen Kaffee völlig unbeachtet stehen. Offensichtlich hatte er hier schon mal einen Kaffee getrunken. Spaßeshalber ließ Jensen den Kaffeelöffel in der Mitte des Bechers los. Schade, sie hatte ernsthaft erwartet, daß der Löffel stehenbleiben würde. Wenn nicht in diesem Kaffee, dann war es wohl doch nur so eine Redensart.

«Haushofer wurde gefeuert», erklärte Frau von Seekendorf kurz und bündig. «Der einzige mir bekannte Fall an der Hamburger Uni, wo ein Hochschulprofessor ganz schlicht und ergreifend gekündigt worden ist. Nicht die üblichen Sperenzchen. Schikanieren und rausekeln. Sie haben seinen Vertrag fristlos gekündigt. Er hatte Hausverbot, und es gab ein längeres Gerichtsverfahren, aber Haushofer hat die Klage auf Wiedereinstellung verloren.»

«Wegen seiner gefährlichen Experimente mit Viren?»

«Ach was», winkte Frau von Seekendorf lächelnd ab. «Die meiste Zeit hat der sich doch mit Kühen beschäftigt. Außer im September 1997, da arbeitete er an einer Untersuchung, die einen Verdacht auf Lassa-Fieber bestätigen sollte. Sie erinnern sich doch: Dieser siebenunddreißig Jahre alte Afrikaner aus Ghana, der im Tropenkrankenhaus gestorben ist. Damals lautete die offizielle Diagnose: Todesursache unbekannt. Obwohl in einem ersten Test die Ergebnisse für Lassa sprachen, hat Haushofer anhand einiger Proteinfragmente nachgewiesen, daß es sich keineswegs um einen Lassa-Virus handeln könnte.»

«Sie sind ein wandelndes Lexikon», sagte Jacobi bewundernd.

Frau von Seekendorf kicherte wie ein kleines Mädchen. «Ich habe halt eine große Aufnahmekapazität», sagte sie und schob genußvoll noch ein Stück Marzipan nach.

«Warum wurde Haushofer entlassen?» hakte Jacobi nach.

Frau von Seekendorf leckte jeden zweifach beringten Finger kurz und einzeln ab, dann beugte sie sich verschwörerisch vor. «Wegen seiner rassistischen Ansichten. Er hat sogar mehrmals ausländische Studenten aus seiner Vorlesung gewiesen. Vor allem Schwarze und Asiaten. Er soll sogar einem Studenten den Schein verweigert haben, weil er mit einer Schwarzen zusammenlebte. So von wegen Rassenvermischung oder so ... Nichts Genaues weiß man nicht.» Sie fuhr mit Hand durch die Luft, als wenn sie einen Flecken wegwischte.

«Ein Nazi?»

«Ach, was weiß ich? So äußerlich sah man jedenfalls nichts. War ein mickriger, humorloser Kerl, mit dicker Brille und zerschlissenen Anzügen. Völlig geschmacklos, wenn Sie wissen, was ich meine.»

«War er denn in einer Partei? Oder einem Verein?»

«Nein, nicht daß ich wüßte. Also, politisch war der nicht. Ne, das kann man nicht sagen.» Ein weiteres Marzipanstückchen war mit einem kurzen «Happ!» verschwunden.

Jensen stutzte. Wie konnte man jemanden als unpolitischen Rassisten beschreiben?

«Ein Spinner, sage ich Ihnen. Ein Student hat mir mal erzählt, daß der Haushofer bei sich zu Hause so einen Helm getragen hatte. So einen mit alten Kuhhörnern drauf. Wenn Sie mich fragen, der hatte tierische Probleme!» Frau von Seekendorf kicherte wabernd über ihren gelungenen Wortwitz.

«Verstehe, vielen Dank, Sie haben mir wirklich weitergeholfen», sagte Jacobi höflich.

«Da doch nicht für», winkte Frau von Seekendorf ab. «Für Sie immer, Herr Jacobi. Kommen Sie bald mal wieder vorbei.»

Jacobi war aufgestanden. Und bringen Sie ordentlich was zu futtern mit, dachte Jensen mit Blick auf die halbleere Marzipanschachtel. Den Kaffeebecher hatte Jacobi mit keinem Blick gewürdigt. Die Bibliothekarin schien das nicht weiter zu stören.

«Der arme Student», sagte Jensen, als sie die Glastür zur Seminarbibliothek hinter sich geschlossen hatten.

«Unflexibel würde ich sagen.»

«Was?»

«Der Student! Für eine Schachtel Pralinen und ein paar Liebenswürdigkeiten hätte sie ihm das Buch sogar in Geschenkpapier eingewickelt», behauptete Jacobi.

Jensen lachte. Wahrscheinlich hatte Jacobi recht.

Auf dem Parkplatz hielten sie Ausschau nach Klingers mobiler, computergestützter Kontrolleinheit. Kurz MÜCKE. Der ehemalige Ü-Wagen des NDR parkte unauffällig zwischen einer roten Ente und einem früheren VW-Bulli der Post. Jacobi machte das vereinbarte Klopfzeichen, und die Tür zum High-Tech-Transporter wurde geöffnet.

«Schon was Neues?»

«Hat keine fünf Minuten gedauert. Ich habe das Gespräch aufgezeichnet. Wollen Sie es hören?»

Ohne die Antwort abzuwarten, drückte Klinger die Wiedergabetaste des Minidisc-Players.

«Ja, hier Jürgends. Hier war eben ein Typ, der sich nach

Haushofer erkundigt hat! – Was heißt das, was er wollte? Er wollte wissen, wo Haushofer zu finden ist. – Nichts habe ich ihm gesagt. Überhaupt nichts. – Natürlich weiß ich, um was es geht. – Von mir erfährt keiner etwas, da können Sie ganz sicher sein.»

«Warum hören wir nur eine Stimme?» fragte Jacobi.

«Ist nicht so leicht, unbemerkt eine Nebenstelle im Amtsnetz anzuzapfen. Also habe ich Beck erst mal da drüben auf das Dach geschickt. Mit einem Richtmikrofon. Gerade noch rechtzeitig.» Klinger zeigte auf ein Häuserdach. Durch die getönten Scheiben konnte Jacobi so gut wie nichts erkennen.

«Gute Arbeit», sagte Jacobi anerkennend. «Aber bedauerlicherweise wissen wir jetzt nicht, wer an der anderen Leitung war.»

«Doch wissen wir», triumphierte Klinger. «Hören Sie mal genau hin.»

Klinger spielte die Stelle vor dem ersten Satz noch einmal vor.

«Ich höre nur Störgeräusche.»

«Störgeräusche?! Die wählen hier noch mit Impulsverfahren. Hier, werfen Sie mal einen Blick auf diese Spitzen hier im Störgeräusch. Das ist jeweils ein Impuls. Und hier die Pause. Also, jede dieser Gruppen ist eine Nummer. Sehen Sie, acht Spitzen in der Gruppe, also hat Jürgends eine Acht gewählt. Das kann man leicht zählen, und dann kommt man auf diese Nummer.» Klinger zeigte ihm eine Telefonnummer mit Vorwahl.

«Das ist nicht in Hamburg!»

«Nein, Detmold. In Ostwestfalen. Der Anschluß eines gewissen Herrn Franz Liebesfeld.»

«Gut gemacht. Dem werdet ihr mal einen Besuch abstatten.»

«Ich jage den Namen noch durch den Computer, damit wir wissen, mit wem wir es zu tun haben.»

«Jensen!» rief Jacobi gut gelaunt. «Wir haben noch einen Termin mit Dr. Jürgends. Mal sehen, was er von unserem kleinen Mitschnitt hält.»

Voller Elan machten sich Jacobi und Jensen auf den Weg zu Jürgends. Dem würden sie jetzt aber ordentlich Feuer unterm Hintern machen.

Auf Förmlichkeiten verzichtete Jacobi diesmal. Er riß einfach die Tür auf und stand im Zimmer. Das war vielleicht unhöflich, aber es handelte sich schließlich um ein Dienstzimmer, und deshalb hatte Jacobi auch keineswegs damit gerechnet, Jürgends mit heruntergelassener Hose vorzufinden.

«Entschuldigung», rief Jacobi energisch. Die kleine asiatisch aussehende Studentin, die vor dem Professor kniete, drehte sich erschreckt um. «Aber wir sind hier doch nicht im Weißen Haus!»

Das Mädchen sprang auf und floh auf ihren Rollerskates an Jensen vorbei aus dem Zimmer. Jürgends hatte sich umgedreht und war damit beschäftigt, seine Hose zu schließen. Diese Szene und der Telefonmitschnitt sollten nun wirklich ausreichen, um aus Jürgends auch noch den allerletzten Fetzen einer brauchbaren Information herauszukitzeln.

Jürgends drehte sich tief ausatmend um. «Bevor Sie jetzt mit ihren Fragen kommen, muß ich Ihnen sagen, daß ...» Er stockte und schielte plötzlich auf seine Nase. Aber die war weg. Jensen reagierte blitzschnell. Sie warf sich auf Jacobi und drückte ihn zu Boden. Mußte ein exzellenter Schütze sein. Drei Kopfschüsse, bevor das Opfer überhaupt mitbekam, daß es tot war.

Jensen hielt Jacobi vorsichtshalber unten, obwohl im Moment keine Einschläge mehr zu hören waren. Bei einem Profi wußte man nie, woran man war.

«Beck! Wir liegen unter Beschuß», schrie Jensen, in der Hoffnung, daß Beck an seinem Richtmikrofon noch drüben auf dem Dach lag. Der Schütze mußte sich unmittelbar in seiner Nachbarschaft befinden.

Jensen griff nach ihrer Calico. Ausgerechnet jetzt hatte sie sie nicht dabei. Typisch! Man konnte nicht vorsichtig genug sein. Sie hatte nur diese kleine Walther dabei. Über so eine Entfernung völlig sinnlos.

«Bleiben Sie unten! Ich versuche ihn zu schnappen.» Vorsichtig schob sich Jensen über den Boden bis zur Tür. Sie wußte, daß sie keine Chance hatte. Erstens konnte der Schütze fast überall sein. Zweitens konnte er sie genausogut draußen vor der Tür erledigen. Und drittens, wenn er es nicht tat, war er mit Sicherheit längst weg.

Jacobi kroch, ohne die Deckung zu verlassen, zu der am Boden liegenden Leiche. Er überzeugte sich, daß sie keinen Puls mehr hatte. Bei drei Löchern im Kopf wäre das auch ein Wunder gewesen. An dem Handgelenk des rechten Armes entdeckte Jacobi eine kleine Tätowierung. Nicht größer als ein halber Pfennig. Erst war er sich nicht sicher, aber es war eine Tätowierung. Ein einfacher Strich, der in der Mitte unterbrochen zu sein schien. Dann kam jemand über den Flur gelaufen.

«Kommen Sie!» rief Klinger. «Wir müssen hier verschwinden.»

Jacobi wollte zur Tür kriechen.

«Der Schütze ist weg. Aber Beck hängt an ihm dran.»

Beck hatte das Richtmikrofon genau auf Jürgends Kopf gerichtet. Der Einschlag der ersten Kugel war ein dumpfes «Pfopf» gewesen. Durch das Fernglas hatte er gesehen, wie Jürgends zusammengebrochen war. Kurz darauf hörte er, wie Jensen nach Hilfe rief. Aber da hatte er schon begonnen, mit dem Fernglas die umliegenden Häuser abzusuchen. Er fuhr die Häuserfronten auf und ab. Er inspizierte jedes Dach. Aber da war nichts. Dann kam er auf die naheliegende Idee, daß der Schütze nicht zu sehen war, weil er sich womöglich gleich unter ihm befinden könnte. Beck robbte an den Rand des Daches und sah an der fünfstökkigen Fensterfront hinab. Genau unter ihm stand eine Balkontür offen. Das war eindeutig ein Gewehrlauf, was da herausragte. Beck seufzte. Es wäre ihm lieber gewesen, der Schütze hätte woanders gesessen, dann hätte er die Treppen nehmen können. Der Balkon war nur vier Meter unter ihm. Er konnte sich einfach darauf fallen lassen. Aber dann landete er natürlich genau vor der Mündung des Killers. Schrecksekunde hin oder her, wenn es ein Profi war, würde er ihn wahrscheinlich erwischen.

Das Dumme an Becks Überlegungen war, daß sie zu nichts führten. Er merkte schon, wie er dabei war, sich auf den Absprung vorzubereiten. Genaugenommen befand er sich im nächsten Moment bereits ihm Flug. Gute Landung. Die Waffe im Anschlag zielte er auf den Mann hinter dem Gewehr. Durch das Zielfernrohr konnte der nun nichts mehr erkennen. Da war nur ein unscharfer Schatten von Beck. Und Beck zog seinen Abzug ohne jede Verzögerung durch.

Die Kugel zertrümmerte das Zielfernrohr und blieb stecken. Der Scharfschütze hechtete hinter die Mauer. Beck ging ebenfalls hinter der Mauer in Deckung. Aber das hier war ein Balkon. Seine Mauer war viel kürzer, und viel Auswahl an Deckung gab es hier nicht.

«Geben Sie auf!» forderte Beck tapfer, obwohl er sich in der eindeutig schlechteren Lage befand.

Aus dem Zimmer kam nur sarkastisches Gelächter.

«Mein Partner wird jeden Moment durch die Tür kommen», bluffte Beck und hätte sich im nächsten Moment dafür selbst in den Allerwertesten treten können.

Der andere fluchte laut. Er schien Becks Drohung ernst zu nehmen. Ein gutes Zeichen. Wäre da nicht dieses verhängnisvolle zarte Klicken gewesen, das Beck nur zu gut kannte. Der Bügel einer Handgranate. Beck zählte mit 21, 22 ... da trullerte das Ei auch schon auf den Balkon. Schwere Stiefelschritte entfernten sich von der Balkontür. Das war nicht die Zeit zum Nachdenken. 23. Beck machte einen Salto rückwärts über die

Balkonbrüstung. 24. Das war nur auf den ersten Blick die Lösung. Er befand sich schließlich im fünften Stock. Und bum! Becks linke Hand kriegte das Gitter des Balkons ein Stockwerk tiefer zu fassen. Granatensplitter und Mörtel flogen haarscharf an ihm vorbei. Sein Handgelenk knackte unter der Last seines muskulösen Körpers und … gab nach. Beck ließ seine Waffe fallen und griff beim nächsten Balkon lieber mit beiden Händen zu. Das saß. Unter ihm waren noch zwei Balkone, aber er hatte keineswegs vor, sich auf diese Art bis nach ganz unten zu hangeln. Seine Handgelenke würden das mit Sicherheit nicht aushalten. In diesem Moment betrat der Scharfschütze auch schon unten die Straße. Ein großer, kräftiger junger Mann mit hellblonden Haaren. Beck sah, wie er in seine Jacke griff. Hier draußen am Geländer war er völlig wehrlos. Mit affenartiger Geschwindigkeit hangelte er sich über die Brüstung und ließ sich flach zu Boden fallen. Die Kugeln schlugen dicht neben ihm in die Hauswand. Der Kerl schoß sein ganzes Magazin leer. Beck hatte mitgezählt. Leer. Er sprang auf, sah nach unten, sah, wie der Kerl Becks Waffe aufhob und schon wieder anlegte.

Diesmal ließ sich Beck lieber durch die Glastür in das fremde Wohnzimmer hinter sich fallen. Es war schon erstaunlich, wie wenig manche Menschen von ihrer Umgebung mitkriegten. Beck landete genau vor den Füßen einer nackten, topschlanken, falschen Blondine, die unter einem Walkman kalanetische Übungen machte. Die Frau schrie nicht. Sie zuckte nicht mal mit den Wimpern, als einige verirrte Kugeln Teile ihrer Deckenbeleuchtung zerlegten. Sie lächelte nur und machte weiter ihre Übungen. Kalanetische Übungen sollen ja angeblich sehr entspannend wirken. Das hier war der Beweis. Beck lächelte freundlich zurück und sah zu, daß er schnellstens ins Treppenhaus kam.

Als er vorsichtig durch die untere Haustür lugte, war der Attentäter bereits verschwunden. Beck suchte die Straße nach oben und unten ab. Vergeblich. Der Kerl war einfach weg. Gute Noten würde er für diese Nummer nicht gerade bekommen.

FÜNF

Katrin hatte arge Schwierigkeiten, ihre Augen zu öffnen. Sie fühlten sich an, als ob sie zugeklebt waren. Außerdem war da noch das Gefühl, irgendwie nackt zu sein. Arme und Beine konnte sie auch nicht bewegen. Etwas schien ihre Glieder festzuhalten. Sie fühlte immer noch diesen Schmerz in ihrem rechten Oberarm. Plötzlich zerriß der Vorhang, der ihre Sinne vernebelt hatte. Die Augen sprangen auf und konnten wieder sehen. Neben ihr auf dem Bett saß eine Frau mit glatten schwarzen Haaren, die fast bis zu den Hüften reichten. Sie trug eine Brille und hatte einen weißen Kittel an. Die Augen hinter den Gläsern waren dunkelbraun und wirkten etwas vergrößert. Die Lippen hatte sie mit einem kraftvollen Kirschrot geschminkt. Katrin erinnerte sich, das war die Frau mit der Spritze. Die Frau, die sie in der großen Halle betäubt hatte. Auch jetzt hielt sie wieder eine in der Hand. Aber die war leer.

«Willkommen zurück», sagte die Frau freundlich. «Ich habe dich aufgeweckt, weil es Zeit wird, sich zu entscheiden.»

«Was denn entscheiden?» fragte Katrin verwirrt. Sie stellte fest, daß sie tatsächlich nackt auf einem Krankenbett lag und mit Lederschnallen an die Pfosten gefesselt war.

«Ob du wirklich auf den Sirius willst oder nicht. Das hier ist sozusagen die letzte Station vor dem Transit.»

«Natürlich will ich zum Sirius», sagte Katrin schnell.

«Sei nicht dumm, meine Kleine. Ich biete dir eine Zukunft, die weitaus rosiger ist als dieser alberne Transit zum Sirius.»

«Rosiger als das ewige Licht, die totale Erleuchtung? Absoluter Frieden und Freiheit für alle. Was sollte das wohl sein?» fragte Katrin belustigt.

«Alles, meine Kleine, alles.» Ihr Kopf kam so dicht an sie heran, als wenn sie ihr ein Geheimnis ins Ohr flüstern wollte. Dann legte sie ihre Hand auf Katrins Bauch, als ob sie dort ihren Puls fühlen konnte. Sie schien doch allen Ernstes auf eine Antwort zu warten.

«Ah, schon so früh aufgewacht!» rief Martina, die soeben das Zimmer betreten hatte. «Und ausgeschlafen, hoffe ich. Heute ist dein großer Tag!» Die Frau im weißen Kittel zuckte zurück und entfernte sich schnell von Katrins Bett. Obwohl sie eine Verräterin war, war Katrin froh, Martina zu sehen. Sie war ihr längst nicht so unheimlich wie diese komische Ärztin, die fortwährend mit irgendwelchen Spritzen zu hantieren schien.

«Alles klar für die Abreise?» fragte Martina die Ärztin. Die nickte und zog schon wieder eine Spritze auf. Ein weiterer kleiner Einstich, und Katrin wurde mit einemmal alles völlig klar. So klar und deutlich hatte sie die Dinge noch nie zuvor gesehen. Mit einem Schlag schien sie alles begriffen zu haben. Den Sinn des Lebens, die dunklen Schatten, Umweltkatastrophen, Gewalt und Kriege, alles, was so schwer auf diesem Planeten lastete. Vor allem sah sie ein, wie notwendig es war, so schnell wie möglich etwas dagegen zu tun. Alles, was sie jemals gedacht hatte, versuchte sich in ihrem Gehirn, wie bei einem Lichtstrahl im Prisma, in einem einzigen Gedanken zu komprimieren. Sie mußte hier weg. Aus jeder Windung des Großhirns drangen ihre Erinnerungen fast gleichzeitig in ihr Bewußtsein. Sie staunte nur noch über ihre eigene Fähigkeit zu denken. Welch ein Wunder! Was auch immer die Mächte der Finsternis vorhatten, das Licht, das sie in sich trug, das konnten sie niemals auslöschen. Die Flamme unendlicher Weisheit, unendlichen Wissens loderte tief in ihr. Katrin fühlte sich großartig, unbesiegbar, unsagbar entspannt. Alles war Licht, alles war klar.

Die Frau in dem weißen Kittel sah Katrin mitleidig an. Katrin verstand nicht, was diese Frau bloß von ihr wollte. Für mitleidige Blicke bestand doch gar kein Grund. Ganz im Gegenteil, es war ein großartiger Tag! Die Fesseln wurden gelöst. Ihr einfaches Gewand mit dem roten Kreuz wurde ihr übergezogen, und sie lächelte selig, als Martina sie in den Speisesaal zu den anderen Sonnentemplern führte. Heute waren sie bereit für ihren Transit zum Sirius. Auch ihre Brüder und Schwestern strahlten die gleiche herrliche Ruhe aus, mit der sie der Unendlichkeit geduldig entgegensah.

Obwohl Jensen eine heftige Abneigung dagegen hatte, Männer zu bemuttern, kümmerte sie sich im Sanitätsraum der Zentrale um den angeschlagenen Beck. Er hatte sich einige Prellungen am Brustkorb zugezogen. Aber eine Rippe schien nicht gebrochen zu sein. Dafür sahen seine Hände wirklich schlimm aus. Die linke Hand war eindeutig verstaucht und schwoll am Handgelenk langsam, aber sicher an. Außerdem hatte Beck noch einige weniger spektakuläre blutige Schrammen von Splittern, die dringend versorgt werden mußten.

«Wir befinden uns ab sofort in höchster Alarmbereitschaft», verkündete Jacobi. «So ein Fiasko darf nicht noch mal passieren. Wir haben uns wie blutige Amateure benommen. Keine Kommunikation. Keine Rückendeckung. Ein einziger Scharfschütze hat genügt, um uns zu blamieren.»

«War ja nicht damit zu rechnen, daß wir zur Zielscheibe werden», warf Beck ein.

«Jetzt sind wir gewarnt. Die haben sicherlich längst herausgefunden, wer wir sind. Aber wir wissen kaum etwas über unsere Gegner. Also ...» faßte Jacobi zusammen. «Keiner geht mehr ohne ein Headset los. Wir alle bleiben ständig in Verbindung. Und ... wir sollten etwas aufrüsten, meine ich.»

Damit war Jensen gemeint. Beck ahnte schon, worauf das nur

hinauslaufen konnte. Ausgerechnet Jensen Unterbewaffnung vorzuwerfen, das war so, als ob man einen ehemaligen deutschen Bundeskanzler zum Essen ermunterte. Beck nahm sich vor, dafür zu sorgen, daß trotz allem die Panzerfäuste vorerst mal zu Hause blieben.

«Und Klinger!?» wandte sich Jacobi vorwurfsvoll an den Genannten. «Wenn Sie schon den Wagen verlassen, weil es draußen zu einer Kampfhandlung kommt, dann vergessen Sie das nächste Mal bitte nicht, sich ausreichend zu bewaffnen.»

Da war allerdings was dran. Sie hatten drei G3 mit kurzem Schaft an Bord, vierzehn Einweg-Handflammpatronen und eine Benelli Super 90 mit Zieloptik. Irgend etwas hätte er in der Tat mitbringen können, als er nach ihnen sehen wollte.

Klinger brummelte etwas Unverständliches und sagte dann murrend: «Also, ich habe jetzt diesen Liebesfeld durchlaufen lassen. Das ist ganz sicher unser Mann. Besitzt mehrere interessante Firmen, unter anderem eine Firma auf Blue Curaçao mit dem Namen ...»

« ... Salt and Water Enterprises», vollendete der Rest des Omega-Teams im Chor.

«Wie ich sehe, habt ihr euch auch schon informiert», flachste Klinger zynisch.

«Worauf wartet ihr noch?» fragte Jacobi. «Ihr werdet euch diesen Liebesfeld mal aus der Nähe ansehen!»

Nachdem das Team sein Waffenarsenal verstärkt hatte, machten sich Beck und Klinger in der MÜCKE auf den Weg. Jensen fuhr in ihrem Z3 voraus. Victor Jacobi blieb im Hauptquartier und war per Funk und Computer mit seiner Einsatztruppe direkt verbunden.

Endlich wieder ein paar Strahlen der Sonne. Katrin blinzelte. Draußen waren es milde 20 Grad, und der Himmel war klar. Ein leichter Seewind kühlte die Haut. Man konnte kilometerweit über das wellenlose Mittelmeer schauen. Die Sonnentempler verließen nach und nach die kleine Lagerhalle. Seit Wochen waren sie nicht mehr an der frischen Luft gewesen. Einige von ihnen konnten die Helligkeit erst kaum ertragen und mußten die Hände vor die Augen halten. Eingesperrt in dem unterirdischen Labyrinth und von den Thule-Brüdern zur Arbeit verpflichtet, das war ihr Los seit ihrer Flucht aus der Schweiz gewesen. Nun zogen sie in einer langen Kolonne den flachen, steinigen Abhang hinunter zum Anlegeplatz der San Niklaw Bay. Eine kleine Gruppe des Thule-Ordens begleitete sie.

Unten am Kai wartete ein Fischerboot auf sie. Damit setzten sie nach Gozo über, der zweitgrößten Insel Maltas. Am anderen Ufer standen zwei alte englische Militärlaster, die sie an ihr Endziel, den Tempel von Ggantija, brachten. Keiner der Templer hatte bislang auch nur ein Wort gesprochen. Sie waren schweigend in ihre Meditation vertieft. Holpernd und keuchend kletterten die Laster die steinigen Wege hinauf bis zur ersten Terrasse der alten Tempelanlage. Heute war das eher eine Ruine. Ein Ausflugsziel für Touristen.

Als die Laster hielten, stiegen die Templer ab. Katrin erkannte Martina unter einer der Kutten der Brüder des Thule-Ordens. Katrin überlegte, ob sie Martina ansprechen sollte. Vielleicht überlegte sie es sich ja und folgte ihnen doch noch zum Sirius? Wenn sie sich jetzt entschied, ihnen zu folgen, konnte sie gerettet werden. Hier erwartete sie in Kürze der Untergang.

Einer der Thule-Brüder trug tatsächlich den Stab des Lichtes bei sich. Nur durch das Feuer aus dem Stab konnten ihre Seelen gereinigt und als reines Licht zum Sirius überwechseln. Jo di Mambro hatte bei vielen rituellen Feiern die Macht des Stabes unter Beweis gestellt. Wenn di Mambro bei solchen Gelegenheiten mit dem Stab auf einen auserwählten Templer wies, sprang aus der metallischen Spitze ein göttlicher Funke über.

Ein blauer, reiner Funke, der die Weisheit des Sirius in sich trug und dem Auserwählten die Gnade der totalen Erleuchtung überbrachte.

Die Templer folgten dem Bruder mit dem Stab durch die meterhohen Sandsteinmauern in das Innere der Tempelanlage. Auf der zweiten Terrasse im Zentrum des Tempels von Ggantija versammelten sich die Templer zu einer Art Halbkreis. Von hier aus hatten sie einen wunderschönen Blick auf das untergehende Licht dieses Planeten.

Katrin orientierte sich an der Sonne und richtete ihren Blick dorthin, wo das Sternbild des großen Hundes erscheinen würde. Dann kniete sie sich hin. Stumm folgten die anderen Templer ihrem Beispiel. Martina löste sich aus der Gruppe des Thule-Ordens und verteilte schwarze Plastiksäcke an ihre ehemaligen Weggefährten. Katrin war überzeugt davon, daß Martina einen großen Fehler machte. Dies war vielleicht die letzte Gelegenheit zum Transit, bevor das dunkle Jahrtausend anbrach und die Weisheit des Lichtes endgültig erlosch. Wer diesen Planeten bis dahin nicht verlassen hatte, der mußte unweigerlich verloren sein.

Martina sah, daß Katrin zögerte. Sie trat hinter sie, nahm ihr den Sack aus der Hand und stülpte ihn ihr ohne jede Hast über den Kopf. Einige der Templer nahmen ihren Sack und zogen ihn mit eigener Hand umständlich über ihre Köpfe. Andere waren von den Tranquilizern, die man ihnen verabreicht hatte, so weggetreten, daß sie nur dumpf auf die Säcke in ihren Händen starrten. Die Thule-Brüder halfen ihnen. Nach fünf Minuten knieten siebenunddreißig Templer, den Blick durch schwarzes Plastik auf den Sirius geheftet, vor den Thule-Brüdern und warteten geduldig auf den unmittelbar bevorstehenden Transit.

«Zeit zu gehen», rief einer des Thule-Ordens, und Martina nickte.

Sie und die anderen sechs Thule-Brüder traten hinter die

Templer und verpaßten ihnen der Reihe nach einen Kopfschuß. Die 9-Millimeter-Parabellum durchschlug mit einem dezenten «Zosch» das Plastik. Dann pflügte sie durch den Hirnstamm, zerteilte das Großhirn, oder trieb dem Templer einfach nur jede Menge Metall und Knochensplitter in seinen Denkapparat, der daraufhin erlosch. Von außen sah man nur die eingerissene Plastiktüte und das langsame Umkippen des Passagiers. Eine wirklich saubere Sache, fanden die Brüder des Thule-Ordens.

Keiner der Templer hatte auch nur die geringste Gegenwehr geleistet. Die Thule-Brüder hatten die Arbeit schweigend und ohne jede Anteilnahme ausgeführt. Als endlich der letzte der Templer in sich zusammensank und siebenunddreißig Leichen in der Nachmittagssonne vor ihnen lagen, stecken die Thule-Brüder ihre Waffen weg. Martina nickt Jörg zu. Der ging den Weg zurück zu einem der Laster. Kurz darauf kam er mit einem 25-Liter-Kanister Benzin in der Hand wieder. Er verteilte den Inhalt sorgfältig über die am Boden liegenden Leichen und griff nach seinem Feuerzeug.

«Nein», rief Martina. «Sie haben an den Transit geglaubt, und wir erfüllen ihr Ritual. Das sind wir ihnen schuldig.»

Jörg steckte das Feuerzeug wieder weg und holte den Stab.

«Mal sehen, ob das Ding überhaupt etwas taugt.» Am unteren Ende war ein Knopf, mit dem man eine leichte elektrische Ladung auslösen konnte. Wenn sich in der Nähe der Ladung statisch aufgeladene Objekte befanden, sah es so aus, als ob ein Funke überspringen würde.

Jörg betätigte den Schalter. Ein einziger Funke genügte, und die Templer gingen in Flammen auf.

«Durch die reinigende Kraft des Feuers zu neuem Leben auf dem Sirius», rief Martina laut.

Das Benzin und die Plastiktüten entwickelten eine fette schwarze Rauchfahne, die kilometerweit zu sehen sein mußte.

«Wir sollten besser verschwinden», sagte Martina.

Damit war ihre Aufgabe hier erledigt und der Stab des Lichtes endgültig in ihrem Besitz. Dieser Stab hier war natürlich nur eine Kopie, die Jo di Mambro eigens hatte anfertigen lassen. Selbst er hätte seine elektronischen Spielereien niemals mit dem Original getrieben. Der echte Stab war viel zu wertvoll, als daß man ihn für solche Sperenzien der Templer benutzte. Jörg warf den wertlosen Stab auf den Scheiterhaufen zum Sirius.

«So ein paar Spinner», sagte Jörg kopfschüttelnd und kehrte mit den anderen Brüdern des Thule-Ordens zu den Lkws zurück. Sie verließen den Tempel Ggantija ohne sonderliche Eile. Bis die Polizei oder Feuerwehr hier eintrafen, waren sie alle längst wieder sicher zu Hause.

Liebesfelds Haus lag ein gutes Stück außerhalb von Detmold. Im Landkreis Ostwestfalen-Lippe, auf einer kleinen Anhöhe oberhalb der Stadt und umgeben von abgeernteten Weizen- und Maisfeldern. Hier gab es keinerlei natürliche Deckung. Also fuhr Klinger die MÜCKE in ein dichtes Waldstück auf einem gegenüberliegenden Hügel und warf das Wintertarnnetz über den Lkw. Näher heran konnten sie nicht, falls sie nicht sofort entdeckt werden wollten. Für Richtmikrofone und die üblichen Mittel der Überwachungstechnik war Liebesfelds Domizil zu weit weg.

«Wir müssen in das Haus rein und Wanzen installieren!» sagte Klinger. Beck schob eine Stange unter das Tarnnetz und hob es an.

«Laß mal, Beck, ich komm hier schon allein klar. Siehst du den Baum dort hinten. Der ist vielleicht 600 Meter von dem Haus weg. Versuch mal, ob du dort diese Kamera hier installieren kannst. Aber unauffällig, wenn's geht.»

Beck nahm das Ding vorsichtig in Empfang. Es war nicht viel größer als eine Zigarettenschachtel. Er machte sich auf den Weg. Ein einzelner Spaziergänger würde hier so schnell niemandem auffallen. Auch nicht, wenn er eine Rast unter einem Baum machte. Wohl aber, wenn er plötzlich dort hinaufkletterte. Beck konnte nur hoffen, daß ihn dabei niemand beobachten würde.

Klinger teilte Jensen über Funk seine Position mit. Als die schwarze Mercedes-Limousine den Waldweg hochkam, empfing Klinger gerade die ersten Bilder von der Baumkamera, die Beck installiert hatte.

«Wie geht's jetzt weiter?» fragte Beck, nachdem er wieder in den Lkw gestiegen war.

«Ich zeichne gerade einen Grundriß von Liebesfelds Anwesen.»

«Woher hast du denn so schnell die Baupläne?» wollte Jensen wissen.

«Habe ich nicht. Die Kamera liefert mir Wärmebilder von der Villa. Hier seht ihr das Heizungssystem, glühend rot. Daraus kann man Rückschlüsse auf mögliche Wände ziehen. Und hier die hellblauen Stellen sind Fenster oder Türen, die sind immer etwas kälter als eine Wand. Anhand der Anzahl der Heizkörper und der Wärmezirkulation, kann man die Luftmenge berechnen, pro Raum, damit haben wir sogar einen Hinweis auf die Deckenhöhe.»

«Nicht schlecht.» Jensen war ehrlich begeistert. Darauf wäre sie nie gekommen. Sie wäre da einfach reinmarschiert und hätte sich dann Notizen gemacht. «Und was ist das jetzt?»

«Elektromagnetische Felder. Hier sehen wir, wo Stromleitungen laufen, elektronische Geräte stehen und ... he!» Klinger pfiff anerkennend durch die Schneidezähne. «Was haben wir den da?»

«Was denn?» fragte Beck ungeduldig und konnte auf dem Monitor nur einen auffälligen schwarzen Fleck inmitten der Farbenpracht erkennen.

«Ein magnetisch abgeschirmter Raum. Abhörsicher. Das scheint das Arbeitszimmer von unserem Liebesfeld zu sein!»

«Wie abhörsicher?» mischte sich Jacobi ungeduldig aus der Ferne ein.

«Ziemlich abhörsicher!»

«Können wir ihn abhören oder nicht?»

«Nur, wenn sich einer von uns dort Zutritt verschafft. Von außen keine Chance.»

«Schlechte Nachricht», stellte Jacobi fest. «Das sind keine Gelegenheitsverbrecher. Das sind Profis. Ihr bleibt unsichtbar. Sonst sind sie gewarnt.»

«Korrekt!» sagte Klinger. «Wir sollten da mit einem einzelnen Mann rein. Einem Spezialisten.»

«Beck.»

«Ne, das mach ich selber», sagte Klinger. «Alles, was ich brauche, ist ein Ablenkungsmanöver. Und jemand, der mich führt.»

«Jensen?»

«Ich mache das Ablenkungsmanöver», wiegelte Jensen unverzüglich ab.

«Dann werde ich mal zur Abwechslung die Knöpfe drükken», sagte Beck.

Für das Ablenkungsmanöver warf Jensen sich in Schale. Beck pfiff anerkennend durch die Zähne.

«Übernimm dich nicht», zischte sie ihn an.

Aber Jensen sah wirklich gut aus in dem schulterfreien, engkurvigen Schlauch aus blauem Stretchsamt. Ein bißchen aufdringlich war dieses Outfit vielleicht schon. Aber ihre muskulösen Schultern und Oberarme sorgten für einen ausreichenden Kontrast zu der mädchenhaften Zerbrechlichkeit, die ihre schlanke Figur sonst vermuten ließ.

«Wie gut, daß ich dich mit unserer versteckten Kamera von hier aus im Auge behalten darf. Sonst müßte man sich ja Sorgen um dich machen», frotzelte Beck.

«In dieser Hinsicht kann ich ganz gut auf mich selbst aufpassen», erwiderte Jensen scharf.

«Jetzt reißt euch mal zusammen!» verlangte Klinger.

Die beiden sahen ihn an.

«Wir müssen warten, bis der Fuchs seinen Bau verläßt», sagte Klinger. «Ich zähle zwölf bewegliche Einheiten in dem Haus.»

«Oder wir müssen sie rauslocken!» schlug Jensen vor.

«Ich bin für rauslocken!» rief Beck. «Für Jensen sollte das kein Problem sein. Die Männer werden ihr scharenweise hinterherlaufen.»

«Die sollten mir besser nicht zu nahe kommen.»

«Wo versteckst du denn in dem Kleid deine Wumme?» lästerte Klinger.

Jensen streckte ihm die Zunge raus.

«Keine Waffe», entschied Jacobi über Funk. «Wenn die mißtrauisch werden und sie filzen, dann wäre eine Waffe ihr Verderben.»

«Außerdem ...» fing Beck einen Satz an und griff zur Vervollständigung in den Spind neben dem Fahrersitz. Der Repetierverschluß der Benelli Super 90 schnappte lautstark zu. « ... bin ich ja auch noch da. Wenn's sein muß, laß ich Knöpfe Knöpfe sein und ... »

«Wirklich nett von dir, daß du so fürsorglich bist.»

«Ist ja schon gut», sagte Beck. «Aber wie will Klinger denn ins Haus kommen?»

Klinger grinste wissend. Er öffnete eine der Kisten. «Hiermit!» Was er da in der Hand hielt, sah auf den ersten Blick aus wie ein gewöhnlicher Tauchanzug.

«Toll! Ganz was Neues: schwarzer Kampfanzug», spottete Jensen. «Der steht mir natürlich viel besser als dir. Dann gehe ich wohl besser rein, was?»

«Wart's ab. Damit kann sogar Jacobi direkt dabeisein.» Klinger quälte sich in den Anzug. «Seid ihr bereit?»

«Wofür?» fragte Jensen.

Anstelle einer Antwort drückte Klinger einen Knopf, der auf

der Brust aufgenäht war. Fast im selben Moment war er verschwunden. Er war nicht wirklich verschwunden, er stand ja nur zwei Meter von ihnen entfernt. Jetzt ging er einen knappen Meter auf sie zu, und es schien so, als ob er sich hinter der Monitorwand des Wagens bewegte. Nur sein Gesicht war noch immer da, wo es sein sollte. Es war so, als wenn jemand vor der Leinwand im Kino herumrannte und der Film auf seinem Körper weiterlief.

«Was zum Teufel ist das?» fragte Beck verwundert.

«Ich nenne es den Chamäleon-Anzug. Der Stoff besteht aus Millionen winziger LEDs und hier … Siehst du diese kleinen Objektive? Vorne, hinten, rechts und links? Die nehmen ein Bild der Umgebung auf und projizieren es in Echtzeit auf den Stoff. Mir fehlen nur noch passende Handschuhe und eine Art Skimütze für den Kopf.»

«Phantastisch!» staunte sogar Jacobi. Er kontrollierte grundsätzlich nicht, was die Truppe mit dem Etat machte, den er ihnen zu Verfügung stellte, daher verblüffte es ihn immer wieder, auf was für Ideen Klinger kam.

«Komm her!» Klinger griff nach Jensens Handgelenk und zog sie zu sich heran. Er trällerte einen Walzertakt und machte einige elegante Tanzschritte. Beck war fassungslos. Klingers Anzug war in Sekundenschnelle blau geworden, und es sah aus, als ob Jensen nur mit Klingers Kopf in den Armen tanzte.

Selbst Jensen mußte lachen. «Kannst du mir den mal leihen? Privat meine ich, wenn ich irgendwann auf die Piste gehe? Diese Ohrklipse hier sind ja nichts dagegen.» Es waren dezente Ohrgehänge in Skarabäusform mit eingebautem Empfangsteil.

«Was weiter?» fragte Beck ungeduldig. «Wie bringst du die Wanzen an?»

«Ja, wie?» tönte es über Funk. Das war Jacobi, der in Sachen Lauschangriff immer besonders interessiert war.

Klinger wurde schlagartig wieder ernst. «Normale Wanzen

finden die sofort. Die scheiden aus. Aber nicht diese hier!» triumphierte Klinger erneut und hielt eine scheinbar stinknormale Glühbirne hoch. Jensen und Beck schauten sich verständnislos an. «Diese Wanze hat keinen Sender. Kein Sender, keine Wanzenpeilung. Kapiert. Also wird sie nicht entdeckt!»

«Toll, Klinger. Und wie hören wir dann mit, wenn das Ding uns nichts sendet?»

«Das ist der Trick. Die Birne steckt in der Fassung, die Fassung an der Stromleitung, die Stromleitung ...»

«... ist die Datenleitung!» vollendete Jacobi, der ein bißchen was von moderner Multiplexer-Technik verstand. «Wir brauchen also nur irgendwo im Umkreis von drei Kilometern einen Sender in eine x-beliebige Steckdose zu stecken und hören alles, was wir wollen.»

«Und ...» Klinger hob den Finger, als ob er sich zu Wort meldete. «... sehen alles! Dieses kleine Zauberding hat auch noch eine Miniatur-Kamera integriert. Aber das allerbeste ist ... das Ding gibt auch noch Licht!»

«Das ist überzeugend. Und auffallen tun die Dinger auch niemandem. Jede Deckenlampe mit einer 60-Watt-Birne wird für uns zum privaten Fernsehstudio!»

Beck ließ sich das Pult erklären, denn seine Aufgabe würde es sein, Klinger an den Wachen im Haus vorbeizuschleusen.

Dann machte sich das Omega-Team an die Arbeit.

Jensens Job war es, die Wachen für etwa 10 Minuten vor dem Haus abzulenken. Sie fuhr den Z3 etwa 15 Meter vor der Zufahrt zu Liebesfelds Grundstück in den Straßengraben. Dann öffnete sie den Kofferraum und suchte scheinbar nach dem Wagenheber. In Wirklichkeit ließ sie aber Klinger aus dem Kofferraum hüpfen, der sofort im Gras der Weide vor Liebesfelds Haus verschwunden war.

Kaum war Klinger außer Sichtweite, demonstrierte Jensen die Hilflosigkeit eines armen kleinen Mädchens, das unversehens Opfer der Technik geworden war. Ungeschickt stöckelte sie auf spitzen Pumps um ihren gelben Flitzer herum und fluchte wild gestikulierend. Sie kam nicht mal auf die Idee, in dem Haus nach Hilfe zu fragen. Das wäre zu auffällig gewesen. Sie hoffte einfach, daß man sie früher oder später entdeckte und ihr zu Hilfe eilte.

Klinger hatte die Rückseite des Grundstückes erreicht. Das ganze Gelände war von einer anderthalb Meter hohen Bruchsteinmauer umgeben. Beck bestätigte ihm über Funk, daß die Luft rein war. Rasch zog sich Klinger an der Mauer hoch und ließ sich auf der anderen Seite heruntergleiten. Er bewegte sich wie eine Katze. Rechts von ihm befand sich ein Komposthaufen, und vor ihm war eine Handvoll Rhododendronbüsche. Außerdem waren da etliche Edeltannen entlang der Mauer. Genug Deckung, selbst ohne seinen Spezialanzug.

«Klinger!» hörte er Becks Stimme in seinem Ohr. «Da kommt was!»

Klinger preßte sich zwischen den Büschen flach auf den Boden.

«Es kommt genau auf dich zu!»

«Wie viele?» fragte Klinger leise.

«Einer! Er hält an. Er steht jetzt genau 15 Meter vor dir.»

Klinger schob die Zweige vor sich ein wenig auseinander. «Ich kann nichts sehen.»

«Jetzt kommt es wieder auf dich zu! Ist verdammt schnell.»

Klinger wurde unruhig. Vor ihm war nichts. Wenn die genausogut ausgerüstet waren wie das Omega-Team, hatten sie vielleicht eine mobile Spezialwaffe.

«Klinger, geh in Deckung!» rief Beck ins Mikrofon. Klingers Ohren rauschten schon. Er kannte diese Situation zur Genüge. Man war völlig hilflos an den Monitoren. Man sah die Gefahr kommen und konnte nichts anderes machen als schreien.

«Es hat ihn!» Panik.

Klinger blieb ruhig liegen. Was es auch war, es war zu spät, um abzuhauen. Und jede überflüssige Bewegung würde ihn nur um so eher verraten.

Vor ihm rauschte etwas durch die Büsche. Es steuerte direkt auf ihn zu. Mit immenser Geschwindigkeit. Klinger hielt die Luft an. Die Zweige zwei Meter vor ihm begannen sich zu bewegen. Aber er konnte immer noch nichts erkennen. Dann brach der Cairn-Terrier durch das Dickicht. Er schaute Klinger genau in die Augen und versuchte sofort, sein Gesicht abzulecken. Klinger atmete erleichtert auf und wehrte das Schoßhündchen ab. Aber der freute sich, endlich einen Kameraden zum Spielen gefunden zu haben. Klinger hatte keine Zeit und keine Geduld für so einen Staubwedel. Er griff dem Haarknäuel auf Beinen ins Genick und schleuderte es ohne viel Federlesens über die Steinmauer. Bis der nun ganz um das Grundstück herum den Weg zurück gefunden hatte, war Klinger längst im Haus.

«Klinger!»

«Alles in Ordnung. War nur ein Tretminenleger!»

«Ein was?»

«Ein Hund.»

Beck atmete hörbar aus. Irgendwo im Hintergrund war ein zweiter Atem zu hören. Das mußte der von Victor Jacobi sein, der alles in Echtzeit mitbekommen hatte.

«Ich dringe jetzt ins Haus ein, wenn nichts mehr im Weg ist.»

«Alles frei», bestätigte Beck, dem sein Panikanfall jetzt peinlich war.

Jensen hatte mitgehört. Es hatte nur ganze zwei Minuten gedauert, bis eine von Liebesfelds Wachen vor dem Tor erschienen war und nach dem Rechten sah. Sie hatten ihr Schwergewicht geschickt. Der Brecher war mindesten zwei Meter zehn groß und hatte ein Kreuz, hinter dem sich selbst Beck noch hätte zweimal verstecken können.

«Aber nur solche Eier», murmelte Beck und steckte sich eine

weitere Pistazie in den Mund. «Ich wette, der versucht, den Wagen da ganz alleine rauszuwuchten.»

Beck lachte, als er sah, wie Jensen aufgeregt auf ihren hohen Absätzen um den Koloß herumschwirrte.

«Vorne ist alles klar», meldete Beck. «Jede Menge Zeit.»

Sie hatten es Klinger leichtgemacht. Die Alarmanlage an der Terrassentür war ausgeschaltet. Es war hellichter Tag, und alle waren zu Hause. Klinger stieg auf den Tisch und tauschte die Birne im Wohnzimmer aus.

«Verdammt», fluchte er leise.

Er hatte auf dem spiegelblanken Glastisch Fußabdrücke hinterlassen. Klinger schaute sich nervös nach etwas um, womit er den Tisch nachpolieren konnte. Klinger hatte Glück. Eine halbfertige Handarbeit lag auf dem Sofa. Er wischte hektisch den Tisch sauber und schrubbte auch gleich seine Schuhsohlen damit ab. Das, was mal ein beigefarbener Wollpullover werden wollte, war nun völlig verdreckt. Er mußte ihn stehlen, auch wenn das riskant war. Sonst hätte man gewußt, daß jemand hier gewesen war.

Aber plötzlich sah er die Lösung für sein kleines Problem. Er warf den halbfertigen und schon ruinierten Pullover mit einem boshaften Grinsen um die Lippen in das Hundekörbchen neben dem Kamin.

«Mal sehen, wie dir das schmeckt, kleiner Scheißer.»

«Scheiße!» fluchte Beck. Damit hatte er nicht gerechnet. «Klinger, du mußt dich ranhalten.»

Aus dem einen Anabolika-Schrank waren plötzlich vier geworden. Das mußten entweder eineiige Vierlinge sein, oder die nahmen zumindest alle dieselben Drogen zu sich. Die vier zusammen brachten nicht viel weniger auf die Waage als der kleine Z3. Das demonstrierten sie auch locker, indem jeder an einer Ecke des Wagens anfaßte und sie das Gefährt geradewegs zurück auf die Fahrbahn trugen. Um ihre übermenschliche

Kraft überzeugend unter Beweis zu stellen, ließen sie den Wagen auf Kommando aus gut einem Viertelmeter Höhe auf den Asphalt krachen.

Beck spürte förmlich, wie einer von ihnen sagte: «So, das war's, kleine Lady. Har, har har.»

Im Prinzip war die Aktion nach Plan verlaufen, nur die Zeitkomponente hatte versagt. Eigentlich sollten die Wachen knappe zehn Minuten brauchen, um den Wagen aus dem Graben zu schieben. Von Tragen war nicht die Rede gewesen. Und von zweieinhalb Minuten schon gar nicht.

Der Plan, den Klinger von dem Gebäude gezeichnet hatte, stimmte zu großen Teilen. Eine wesentliche Tür jedoch, die zum Arbeitszimmer führen sollte, entpuppte sich als Speisenaufzug. Er mußte also den ganzen Flur hinunter und das Zimmer von der Stirnseite betreten. Das kostete Zeit und erhöhte das Risiko, entdeckt zu werden. Als Klinger die Tür fast erreicht hatte, hörte er Schritte. Ein Dienstmädchen bog um die Ecke und kam direkt auf ihn zu. Keine Zeit mehr, in eines der Zimmer zu flüchten. Klinger drückte sich dicht an die Wand, die mit einer peinlichen Blümchenmustertapete verziert war. Nur keine unnötige Bewegung! Klinger stoppte die Atmung. Das Dienstmädchen ging gerade mal einen halben Meter an ihm vorbei, ohne ihn zu bemerken. Zugegeben, die Lichtverhältnisse waren nicht die besten, aber der Anzug funktionierte wirklich prima.

Das Arbeitszimmer von Liebesfeld war leer. Er stieg ein und tauschte rasch die Birne in der Deckenlampe aus. Auf dem Flur waren Schritte zu hören. Beck warnte ihn. Offensichtlich war jemand auf dem Weg ins Arbeitszimmer. Jetzt wäre er besonders dankbar für diese zweite Tür gewesen. Aber die war ja da! Klinger riß die Klappe von dem Speisenaufzug auf und stieg ein. Er konnte die Klappe gerade noch schließen, als die Türen zum Arbeitszimmer geöffnet wurden.

«Notiert euch das Kennzeichen von dieser Frau und überprüft sie», sagte eine Männerstimme herrisch. «Außerdem sichert das Gelände. Aktiviert die Alarmanlage. Hier geht keiner mehr raus oder rein, ohne daß ich davon weiß!»

Klinger mußte das Haus schnellstens verlassen, bevor sie die Alarmanlage scharfgemacht hatten. Er ließ den Aufzug hinunter in die Küche gleiten. Vorsichtig öffnete er die Klappe.

«Maria, hier, das nimmst du jetzt und trägst es hoch in das Schlafzimmer der Herrschaften.»

Maria war das Dienstmädchen von vorhin. An der Art, wie die Köchin sie instruierte, wurde Klinger sofort klar, daß Maria blind war. Klinger nutzte den Moment, als die Köchin in der Speisekammer verschwunden war. Er huschte zur Tür, die hinaus in den Garten führte, und hoffte, daß die Alarmanlage noch nicht scharf war. Beherzt drückte er die Klinke herunter. Kein Schrillen von Alarmglocken. Aber er konnte natürlich einen stummen Alarm ausgelöst haben. Vorsichtig schlich er über den Rasen zu den rettenden Tannen.

«Muffelchen, was hast du schon wieder angestellt? Komm sofort her zu Frauchen!» Auf der Terrasse stand eine Frau in den Fünfzigern im langen schwarzen Abendkleid und rief nach ihrem Terrier. Klinger war beruhigt. Solange Muffelchen noch hier draußen rumlief, war die Alarmanlage auch nicht scharf. Klinger verschmolz mit den Tannen zu einem satten Grün und war Sekunden später über der Mauer verschwunden.

«Sie überprüfen den Wagen», informierte Klinger die anderen, während er sich völlig verschwitzt aus dem Anzug schälte. Die vielen kleinen LEDs entwickelten auf Dauer doch eine ganz beachtliche Hitze.

«Kein Problem», sagte Jensen, die leider schon wieder in ihrer Alltagskleidung steckte. «Der ist auf eine unserer Scheinfirmen angemeldet.»

«Gut gemacht.» erklang Jacobis Stimme aus dem Lautsprecher. Er war mit seinem Team zufrieden. Eine rundum gelungene Aktion.

«Dann schalten wir mal die Lauscher ein.» Klinger drehte am Frequenzrad seines Empfängers herum. «Wo ist der Sender?»

«In meinem Hotelzimmer», erklärte Jensen.

Erst gab das Gerät nur ein paar schräge Quietscher von sich, dann hörte man eine kristallklare Stimme: «Muffelchen, schau dir das an. Schau dir das an, was du mit Frauchens schönem Pullover gemacht hast!»

«Und jetzt das Bild!»

Auf dem Monitor erschien eine gestochen scharfe Aufnahme von Frau Liebesfeld, die ihren putzigen Terrier mit erhobenem Zeigefinder auf den rechten Weg zu bringen bemüht war.

«Alles hab ich nicht installieren können. Dafür war die Zeit zu knapp. Aber wir haben fünf Kanäle», erklärte Klinger.

Er schaltete sie alle der Reihe nach durch. Einer besser als der andere. Vor Klinger war niemand wirklich sicher. Er schaltete die Schlüsselwortdecoder ein und lehnte sich zurück. «Jetzt heißt es warten.»

Klinger schob die erste Schicht. Die andern beiden gingen essen. Danach könnte Jensen fünf Stunden schlafen und später Beck ablösen. Für solche Fälle waren in der MÜCKE ausklappbare Betten installiert.

SECHS

Beck schreckte hoch. Jemand rüttelte kräftig an seiner Schulter. Es war Klinger.

«Beck, komm schon! Wir haben was.»

Beck rieb sich den Schlaf aus den Augen. Jensen war auch schon wieder auf. Victor Jacobi hatte offenbar in der Omega-Zentrale übernachtet und hörte mit.

«Du erinnerst dich doch an die Schwester von diesem Studenten, den du in der U-Bahn erledigt hast?»

Beck nickte. Natürlich erinnerte er sich daran. Das war doch gerade erst vorgestern gewesen.

«Diese Schwester war doch nirgends aufzutreiben. Aber ich habe ein Suchprogramm im Internet installiert, das permanent nach ihrem Namen Ausschau hält», erklärte Klinger. «Vor einer halben Stunde ist es fündig geworden!»

«Ja und?» fragte Beck schläfrig und gähnte.

«Ihr Name tauchte in einer E-Mail auf, die ein Agent aus Malta an seinen Kontaktmann beim BND geschickt hat.»

«Hast du da immer noch Zugriff?» wunderte sich Beck. «Ich meine, merken die nicht irgendwann mal, daß du ihre ganze Post liest?»

Klinger zuckte mit den Achseln. Beim Thema BND wich er grundsätzlich allen Fragen aus. Es war schon was dran: Einmal BND immer BND. «Na und? Was stand drin?» fragte Beck ungeduldig.

«Katrin Weber ist tot. Verbrannt. Oder erschossen. Selbstmord oder Mord. Jedenfalls starb sie bei einem Ritual der Sonnentempler. Du weißt schon, das sind die, die sich immer massenweise selbst umbringen.»

Das wußte Beck nicht, aber er erinnerte sich, von so etwas mal gelesen zu haben. In der Morgenpost. «Da lag der Schwachsinn wohl in der Familie, was? Der eine spielt mit gefährlichen Viren rum, die andere macht auf Sekte.»

«Nun, der Punkt ist ...» sagte Klinger, «daß die Leichen laut offizieller Pressemeldung noch gar nicht identifiziert sind. Trotzdem liegt dem BND eine komplette Liste der Opfer vor. Das kann doch nur bedeuten, daß ein Agent vom BND irgendwie an der Sache beteiligt war.»

«Wollen wir nicht erst mal diesen Fall hier abschließen, bevor wir ...» nörgelte Beck.

«Da ist noch etwas», behauptete Jensen. Außer Beck schienen alle über alles Bescheid zu wissen. Er hatte wohl mal wieder einiges verschlafen. «Auf Malta, wo die Sekte ihren Abgang zelebriert hat, gibt es ein Werk der Firma Salt and Water Enterprises. Die betreiben dort eine Anlage zur Meerwasserentsalzung. Klingelingeling?»

«Bravo!» tönte es aus dem Bordlautsprecher. «Gut kombiniert!» lobte Victor Jacobi aus der Ferne. «Es wäre also durchaus möglich, daß wir auf Malta unseren Professor Haushofer finden werden.»

Sofort war Beck hellwach. «Wir fliegen nach Malta?»

«Richtig», erklärte Jacobi. «Der Flughafen ist bereits informiert. Der Jet wird gerade aufgetankt und startklar gemacht», sagte Jacobi.

Beck griff mechanisch nach seiner Jacke. «Worauf warten wir noch.» Die Cessna 560Xl Citation von Jacobi zu fliegen, das war ganz nach seinem Geschmack.

«Klinger, ich schicke Ihnen zwei Mann zur Verstärkung her», gab Jacobi noch durch. «Es gefällt mir nicht, daß Sie hier allein und ohne jede Rückendeckung operieren.»

Klinger nickte und kaute weiter an seinem Brötchen rum. «Viel Spaß dann», rief er ihnen mit vollem Mund nach.

Noch vor Sonnenaufgang waren sie am Flughafen. Die Cessna stand aufgetankt und startklar auf dem Flugfeld. Beck bestieg den kleinen Jet und klemmte sich gleich hinter den Steuerknüppel. Er ging die Checkliste durch. Jensen verstaute die Ausrüstung und das Gepäck in der hinteren Ladeluke des Vogels. Jacobi machte es sich im Passagierraum mit der Tageszeitung gemütlich. «Sektendrama auf Malta.» Gerade mal zehn Zeilen auf Seite fünf.

Etwas mehr als drei Stunden brauchten sie bis Malta. Es war

eine phantastische Aussicht, als sie in 8000 Metern Höhe über das wolkenlose Sizilien hinwegglitten. Etwa sechs Minuten, nachdem sie die Küste Siziliens hinter sich gelassen hatten, tauchte auch schon Malta vor ihnen auf. Ein kleiner Felsbrocken mitten in einem fast wellenlosen Meer. Von hier oben sah es aus, als ob dort gar nicht genug Platz zum Landen wäre.

Beck flog eine großzügige Schleife und wartete auf die Landegenehmigung des Luqa Towers.

«Sekt oder Baldrian?» fragte Beck, nachdem sie sicher gelandet waren.

«Halt den Mund, Beck!» Jensen war hart im Nehmen. Aber wenn es ans Fliegen ging … Trotzdem hatte sie unbedingt bei Beck im Cockpit sitzen wollen. Wenn das kein masochistischer Zug war, dann glaubte sie bestimmt, im letzten Moment noch eingreifen und einen eventuellen Absturz verhindern zu können. Eine Option, die ihre Flugangst offenbar reduzierte, obwohl sie nicht einen einzigen Schalter oder eine Anzeige des Cockpits kannte, geschweige denn bedienen konnte.

Beck lachte und ließ gut gelaunt seinen Gurt aufschnappen.

Eine Stunde später saßen Beck und Jensen im Cordina. Das war ein Straßencafé in der Republica Street. Dort beobachteten sie, bei einem Milchkaffee und frischen Croissants, das muntere Treiben auf der überfüllten Einkaufsstraße von Valletta. Jacobi besuchte derweil seinen alten Freund David Sperzi, mit dem er zusammen in Salem die Schulbank gedrückt hatte. Sperzis Großvater mütterlicherseits war früher einmal Großmeister des Malteser Ordens.

Jacobi hatte David schon seit über zwei Jahren nicht mehr gesehen. Offenbar tat ihm das Klima hier aber gut. In der Zeit, als er noch Botschafter der Malteser in Südafrika war, hatte er immer etwas blaß gewirkt. Jetzt aber war er braungebrannt mit einem weißen Drei-Tage-Bart, der ihn komischerweise um Jahre jünger wirken ließ.

«Nun, was kann ich für den Mann tun, der mein Abi mit seiner Matheklausur gerettet hat?» scherzte David und schüttelt Jacobi kraftvoll die Hand.

Jacobi hielt sich nicht lange mit Vorreden auf und kam gleich zur Sache. Er erklärte David die Situation und äußerte seinen Verdacht, daß Professor Haushofer sich auf dem Gelände der Salt and Water Enterprises befinden könnte.

David fuhr sich mit der Hand über die Bartstoppeln. «Politik», sagte er dann. «Das ist ein heikles Problem. Ganz politisch.»

«Wieso?» fragte Jacobi, dem nicht klar war, was Salt and Water mit Politik zu tun haben sollte.

«Malta ist eine trockene Insel. Wenn wir hier überhaupt ein ernstzunehmendes Problem haben, dann ist es das, daß uns die Touristen das wenige Süßwasser wegsaufen, das wir aus den schwachen Quellen gewinnen. Ohne die Meerwasserentsalzungsanlage könnten die Malteser nicht überleben.»

«Verstehe.»

«Ich weiß nicht!» winkte David ab. «Es gibt Gerüchte über diese Entsalzungsanlage. Und hast du von dem Massenmord an den Sonnentemplern gehört?»

«Ja, sicher. Habe ich heute in der Zeitung gelesen.» Einzelheiten behielt Jacobi lieber für sich. David war zwar ein Freund, aber er mußte nicht alles wissen.

«Die sind offiziell gar nicht eingereist. Verstehst du? Die müssen sich entweder schon lange auf der Insel versteckt gehalten haben, oder sie sind heimlich mit einem Boot von Sizilien herübergekommen. Aber das wäre doch wohl absurd.»

«Worauf willst du hinaus?»

«Salt and Water hat damals die Entsalzungsanlage unterirdisch gebaut. Fast ganz Comino ist von ihnen umgegraben worden. Für die maltesische Regierung eine perfekte Lösung. Erstens liegt Comino zwischen beiden Inseln, eine Pipeline müßte also sowieso über Comino führen. Und zweitens stört das Werk dort niemanden. Comino wird von den Touristen nur wenig besucht. Der wichtigste Punkt ist aber, daß scheinbar niemand kontrolliert, was diese Leute dort so treiben. Da besteht eine Art Abkommen. Salt and Water liefert das Wasser und dafür können sie auf dieser kleinen Insel tun und lassen, was sie wollen.»

«Also keine Chance, denen mal einen Inspektionsbesuch abzustatten. Ich hatte gehofft, du könntest uns dort irgendwie Zutritt verschaffen.»

«Ne, ne. Ich versuche selbst schon seit Jahren dahinterzukommen, was da läuft. Aber Salt and Water hat Beziehungen bis hinauf zu Alfred Sant, unserem Ministerpräsidenten. Seit dessen Amtsantritt hatte die Wassernot ein Ende. Meine eigenen Beziehungen zur Labour Party sind leider eher zweitrangig.»

«Kann man das Werk besichtigen?»

David lachte. «Ja, den oberirdischen Teil. Da führen ein paar dicke Rohre hinein ins Meer und in die Erde. Es steht ein dikker, lauter Generator da und ein kleiner Verwaltungskomplex. Aber alle naselang stößt du auf der Insel auf Lüftungsschächte, die nach unten führen. Weiß der Herrgott, wohin!»

«Hm.» Jacobi dachte einen Moment lang nach. «Trotzdem sollte sich das mal jemand genauer ansehen.»

«Trotzdem? Aber wie?» David lächelte verlegen.

«Ich habe zwei Spezialisten dabei, mit denen sollte es uns gelingen, Comino seine Geheimnisse zu entreißen.»

David zielte mit dem Finger auf ihn und drückte imaginär ab. «Du meinst solche Spezialisten ...?»

Jacobi nickte.

«Warum nicht?»

Dank David bekamen Beck und Jensen ein Boot und eine Menge zusätzlicher Ausrüstung, die nötig war, um eine Expedition auf Comino zu starten. Victor Jacobi würde zurückbleiben und das Flugzeug bereithalten, falls eine schnelle Flucht nötig werden würde.

Beck musterte skeptisch das Gelände. Es gab hier ziemlich wenig Deckung. Ein paar Felsbrocken und Kakteen, einige Macchiesträucher, sonst nur trockene, steinige Flächen ohne jeden echten Schutz. Es gab keinen Zweifel, daß sie ihre Aktion nur nachts starten konnten, sonst hätte man sie bereits entdeckt, noch bevor sie auch nur einen Fuß auf die Insel gesetzt hätten.

Es war ja klar, daß Jacobi ihm die größten Flaschen zu seiner Bewachung geschickt hatte. Becker und Tölz. Zwei ehemalige Polizisten. Die waren schon früher ein Team gewesen. Absolut unzertrennlich. Becker, ein verfetteter Säufer oder Ex-Säufer, und Tölz, ein kleinwüchsiges, schmächtiges Kerlchen, das dauernd nervös von einem Fuß auf den anderen trat, wenn er mal fünf Minuten nicht rauchen konnte. Beide machten jetzt in Sachen Personenschutz. Becker war damals in ihrer aktiven Dienstzeit mit einem Streifenwagen und 2,3 Promille im Blut in einen parkenden Ferrari gerauscht. Dummerweise stand der Ferrari auf dem Parkplatz des Reviers und war eine Neuerwerbung des Polizeipräsidenten. Für diesen Wagen hatte der Mann sich hochgearbeitet und jahrelang gespart. Jedenfalls endete für Becker mit dieser Geschichte der Dienst für das Gemeinwohl. Tölz konnte oder wollte ohne Becker seinen Dienst nicht verrichten und quittierte folglich kurze Zeit später ebenfalls. Jetzt bewachten sie alte reiche Damen und ihre vierbeinigen Schätzchen, wenn die mal auf eine große Auktion in London gehen wollten.

«Geh schon raus und rauch eine», maulte Klinger. Das Herumgehampel von Tölz war nicht zum Aushalten.

«Danke», sagte Tölz und verließ den Ü-Wagen.

«Ich mach dann auch mal meine Runde», erklärte Becker und folgte Tölz.

«Meine Runde!» äffte Klinger ihn leise nach.

Aber er tat Becker unrecht. Der Dicke mochte seine Eigenarten haben, aber er war aufrichtig bemüht, seinen Job so gut wie irgend möglich zu machen. Becker umrundete den Ü-Wagen, sah rundherum nach dem Rechten und trat dann unter dem Tarnnetz hervor.

«Halt bloß die Hand vor die Glut! Das sieht man sonst meilenweit.» Tölz nickte nervös und sog die Zigarette heiß. Becker ging weiter den Weg hinunter und hielt Ausschau nach verdächtigen Fahrzeugen, die sich ihrem Standort näherten. Die Nacht war völlig wolkenlos, und man konnte einen Wagen selbst ohne Scheinwerfer von weitem erkennen. Alles war ruhig. Aber auch kalt. Ein Schluck Brandy hätte ihm jetzt neues Leben eingeflößt.

Er sah die knapp fünfzig Meter hinauf zum Transporter. Man konnte Tölz' Glut deutlich sehen. Eines Tages würde er sie wegen seiner Nikotinsucht allesamt ins Grab bringen. Aber Becker wußte, daß er kein Recht hatte, sich zu beschweren. Schließlich war er schuld daran, daß sie beide später keine Pension beziehen würden. Und Tölz hatte ihn nie im Stich gelassen.

Becker seufzte und machte sich auf den Rückweg.

Tölz hielt die hohle Hand vor die Glut. Trotzdem drang bei jedem Zug etwas Licht nach außen. Als er seinen letzten Zug nahm, konnte Tölz in der Dunkelheit vor sich gerade noch den Schatten einer Gestalt und vielleicht noch das Aufblitzen des Messers sehen, das ihm eine Sekunde später ihn den Unterleib fuhr. Aber eine echte Chance hätte er auch als Nichtraucher nicht gehabt. Denn noch bevor das Messer in ihn eindrang, war er bereits tot. Ein zweiter Angreifer hatte sich von hinten an ihn herangeschlichen und ihm mit einem geübten Griff das Genick gebrochen. Sicher war sicher.

Der Glutkegel von Tölz war vielleicht noch 20 Meter entfernt. Becker nahm sich vor, den Kollegen noch mal zurechtzuweisen. Doch als der Glutkegel hell aufflammte, sah er wie in einem Blitzlicht zwei Gestalten unmittelbar neben Tölz auftauchen. Eine Sekunde später war alles wieder dunkel. Becker brauchte keinen Beweis, daß Tölz tot war. Er riß seine Sig-Sauer aus dem Halfter und brachte sie in den Anschlag. Er zielte grob in die Richtung, wo er die Täter vermutete, und ... verspürte im selben Moment die Einschläge. Gehört hatte er nichts, aber erst knickte sein Bein weg, dann flog seine rechte Schulter zurück, und zwei harte Hiebe trafen ihn in den Magen. Becker kniete auf dem Boden. Er wollte seine Waffe wieder in den Anschlag bringen, aber der Arm gehorchte ihm nur schleppend. Dann wollte er schreien und Klinger warnen, aber er hatte den Hals voller Blut, und es blubberte nur, als er den Mund öffnete. Becker blieb trotz allem standhaft. Er war ein guter Mann, auch als völliger Versager. Mit einem fast unmenschlichen Kraftakt schaffte er es, den rechten Arm wieder in den Anschlag zu bringen. Jetzt mußte er nur noch den Abzug durchdrücken, nur noch den Finger krümmen. Eine Gestalt löste sich aus dem Schatten der Bäume und kam schnell auf ihn zu. Sie war vollständig in Schwarz gekleidet und vermummt wie ein Ninja. Er war jetzt bis auf zwei Meter an Becker herangekommen. Becker befahl dem Finger, sich zu krümmen. Der Ninja hob eine Waffe mit Schalldämpfer und beendete Beckers redliche Bemühungen mit zwei Kopfschüssen.

Klinger war genervt. Seit Stunden hörte er nun dieses Büro von Liebesfeld ab und hatte noch nicht eine sinnvolle Information bekommen. Gut, heute nacht sollte ein Kurier eintreffen. Aber was der brachte und worum es ging, kein Wort! Wenigstens hatte das sinnlose Geschwafel von Liebesfelds Bodyguards ein Ende. Die Jungs mußten wohl früh in die Betten. Den halben Nachmittag über hatte er stinklangweilige Gespräche über Anabolika, Muskelaufbau und Trainingsmethoden abgehört. Aber seit einer guten Stunde war endlich Ruhe. Klinger griff nach seiner Teetasse. Aus den Augenwinkeln sah er, daß er nicht mehr allein in der MÜCKE war. Und es stand sofort fest, daß es weder Becker noch Tölz waren, die fast unbemerkt sein Reich betreten hatten.

Diesen Moment hatte Klinger immer befürchtet. Er war enttarnt. Sein Knie schlug heftig unter das Pult, vor dem er saß. Klinger hatte schon seit langem damit gerechnet, daß so etwas einmal passierte. Unter dem Pult hatte er einen Notschalter installiert. Der verriegelte sämtliche Datenspeicher und aktivierte einen umfangreichen Kennwortschutz. Selbst ein Spezialist bräuchte Tage, um dieses System zu knacken. Dank seiner guttrainierten Reaktion schaffte Klinger es tatsächlich, die Datenspeicher mit dem Knie zu verriegeln. Die Monitore erloschen, und die eingelegten Wechselträger wurden augenblicklich gelöscht.

Der Einschuß löste bei Klinger einen heftigen Schmerz in der Brust aus. Dann schränkte sich sein Blickfeld ein. Er fixierte den Hauptmonitor, und als der erlosch, ging auch bei Klinger das Licht aus.

SIEBEN

Beck klappte den Restlichtverstärker vor die Augen. Die Landschaft wurde in ein phosphoreszierendes Grün getaucht. Comino schien völlig verlassen vor ihnen zu liegen. Er gab Jensen ein Zeichen, weiter nach Backbord abzudrehen, da war eine kleine Einbuchtung mit einem flachen Strand. Jensen verlangsamte die Fahrt, der Außenborder des kleinen Schlauchbootes gab jetzt nur noch ein sanftes Tuckern von sich. Zehn Meter vor dem Strand würgte sie den Motor endgültig ab und klappte den Antrieb aus dem Wasser. Ohne jedes Geräusch trieb das Schlauchboot auf den Strand zu. Beck kletterte aus dem Boot und verbarg sich hinter einem Felsvorsprung. Jensen versuchte, das Fahrzeug so gut wie möglich zu verstecken. Viel Auswahl hatte sie hier nicht.

Beck suchte mit dem Nachtsichtgerät die Umgebung ab. Niemand zu Hause. Weiter östlich war Licht. Es kam aus den Fenstern eines der wenigen Gebäude der Insel. Aber das lag gut 800 Meter weit weg. Von dort hatte sie wohl niemand gehört.

Die beiden schwarzgekleideten Gestalten arbeiteten sich in geduckter Haltung nach Norden vor. 400 Meter von ihrer Landestelle sollte sich einer der Luftschächte befinden. Er lag gut getarnt hinter zwei Macchiesträuchern. Ein schweres Eisengitter hielt Kaninchen und andere ungebetene Gäste ab. Beck tropfte etwas Salzsäurelösung auf die leicht angerosteten Schrauben. Nach einigen Sekunden ließ sich das Gitter ohne große Mühe entfernen. Der Schacht reichte tief hinunter. Da unten konnte Beck kein Ende absehen. Jensen sicherte ihn mit einem Seil, und Beck machte sich an den Abstieg. Der Schacht war breit genug, daß sich zwei ausgewachsene Männer gleichzeitig hätten hindurchzwängen können.

Nach etwa 30 Metern hatte er wieder Boden unter den Füßen. Von hier aus führte der Schacht waagerecht in alle vier Himmelsrichtungen. Hier war alles okay. Beck zog rhythmisch an dem Seil, und kurz darauf ließ sich seine Begleiterin mit einem surrenden Geräusch in die Tiefe gleiten.

Was nun? Sie konnten nur raten, welcher Schacht sie ans Ziel bringen würde.

«Wir trennen uns», flüsterte Jensen.

«Negativ», sagte Beck. «Wir bleiben schön zusammen.»

«Doch! Es geht nicht anders.»

Ohne seine Antwort abzuwarten, kroch Jensen in den östlichen Tunnel. Beck nahm sich notgedrungen den nördlichen vor.

Nach etwa 50 Metern auf Knien stieß Beck auf ein Belüftungsgitter. Er versuchte mit Hilfe des Restlichtverstärkers festzustellen, was sich hinter diesem Gitter verbarg.

«Sieht aus wie eine Besenkammer!» So leise es ging, rief er Jensen über Funk.

«Hier ist auch ein Gitter», informierte ihn Jensen.

«Kannst du sehen, was dahinter ist?»

«Klar, ist hell erleuchtet. Das muß die Küche sein!»

«Gut, dann komm hierher. Durch dieses Gitter können wir auf alle Fälle unbemerkt eindringen.»

«Okay», stimmte Jensen unerwartet vernünftig zu.

Leise entfernte Beck das Gitter vor dem Schacht und ließ sich in den Raum hinab. Als erstes sicherte er die Tür und wartete darauf, daß Jensen ihm folgte.

Auf dem Gang hinter der Tür brannte nur eine rote Notbeleuchtung. Rechts von ihnen befand sich eine schwere Metalltür. Dahinter konnte man ein niederfrequentes Brummen großer Maschinen hören. Als Jensen hinter ihm stand und ihn gesichert hatte, öffnete Beck die Tür einen Spaltbreit. Eine gigantische unterirdische Halle lag vor ihnen. Rohre mit einem Durchmesser von bis zu zwei Metern verliefen scheinbar kreuz und quer durch den Raum. In der Mitte waren drei gigantische Metallkessel, aus denen stellenweise Wasserdampf in kleinen Schwaden entwich.

«Die Entsalzungsanlage!» stellte Jensen fest. Beck stieg die kleine Metalltreppe hinab und schlich voran zwischen den Rohren hindurch, um auf die andere Seite des Gewölbes zu gelangen. Niemand schien hier zu arbeiten. Beck wich dem Dampfstrahl eines Überdruckventils aus und trat langsam durch die Schwade. Er sah, daß er sich irrte. Nur zehn Meter vor ihm stand ein Techniker mit einem Schraubenschlüssel in der Hand und drehte an einem Zulaufrohr herum. Der Mann trug einen Kopfhörer als Gehörschutz über seiner Schirmmütze. Er konnte Beck weder sehen noch hören. Jensen folgte Becks Anweisungen und kroch unter einem der dicken Rohre her, bis sie wieder aus dem Blickfeld des Mannes war. Dann schlichen sie die gegenüberliegende Eisentreppe hinauf, bis auf die Brüstung. Jensen ließ den Techniker keinen Moment aus den Augen und hatte ihn mit ihrer Calico stets im Visier. Aber der Mann war zu sehr in seine Arbeit vertieft. Manchmal übertönte er das ständige sonore Brummen der Maschinen mit seinem Gesang.

An der westlichen Wand mußte das Kontrollzentrum für die Entsalzungsanlage sein. Die vier dicken Glasscheiben waren hell erleuchtet. Sie mußten die Balustrade so schnell wie möglich verlassen, sonst könnte man sie womöglich von dort oben aus entdecken. Beck ging voran und führte sie durch scheinbar endlose, schwachbeleuchtete Gänge, bis sie vor einer Stahltür mit zahlencodiertem Sicherheitsverschluß standen.

«Und nun?» fragte Jensen.

«Wir bräuchten Klinger», sagte Beck.

«Wir werden doch wohl so eine einfache Stahltür aufkriegen.»

«Wie denn?»

«Im Zweifelsfall aufschießen, würde ich sagen.»

«Ein bißchen laut, findest du nicht?»

«Wenn wir hier noch lange rumstehen, wird man uns beim Leisetreten entdecken.»

In diesem Moment wurde die Tür von innen geöffnet. Ein verdutzt dreinschauender Uniformierter stand den beiden hilflos gegenüber. Beck zögerte nicht lange und verpaßte ihm einen gutgezielten K.-o.-Schlag. Schnell sprangen sie über die Türschwelle. Aber die Tür schloß sich nicht mehr selbsttätig. Sie mußten die Wache erst hineinschleifen. In einer Ecke fesselte Beck ihn mit Plastikhandschellen. Jensen stopfte ihm einen Knebel in den Mund, fertig.

Nachdem sie zehn Minuten durch die unterirdischen Gänge geirrt waren, entdeckten sie endlich eine große Halle. Der

Raum hatte Ähnlichkeit mit einem mittelalterlichen Rittersaal. Ein langer gerader Eichentisch stand in der Mitte, und an beiden Seiten säumten ihn zwei Stuhlreihen, die wohl an die 60 Leuten Platz boten. Jensen und Beck entdeckten hinter den langen roten Wandbehängen diverse kleinere Tunneleingänge. Offensichtlich handelte es sich dabei um Abkürzungen oder Geheimgänge.

«Das ist das Zeichen, das Jacobi als Tätowierung an Jürgends' Handgelenk gesehen hat.» Jensen zeigte auf eine der Fahnen mit dem weißen Kreis.

«Das Zeichen der SS», behauptete Beck.

«Das sind Siegesrunen», korrigierte Jensen. «Aber die SS hatte zwei, und hier auf den Fahnen sind drei dieser Runen.»

«Vielleicht die Super-Schutz-Staffel?»

An der Stirnseite der Halle befand sich ein länglicher gläserner Schrein, ausgelegt mit blutrotem Samt. Beck ging darauf zu. Der Schrein schien leer zu sein. Als er gerade noch knapp 5 Meter davon entfernt war, ertönte eine Sirene, die verdächtige Ähnlichkeit mit einem altbekannten Signal hatte. Fliegeralarm!

«Was ist das denn?» rief Jensen.

«Woher soll ich das denn wissen!» schrie Beck zurück. Die Sirene übertönte seine Stimme. Jensen schaute sich nervös um.

«Wir sollten hier verschwinden!»

«Vielleicht gar nicht so schlecht, daß endlich was passiert.»

Beck spürte förmlich, wie in diesem Moment der ganze unterirdische Komplex zum Leben erwacht war. Sie zogen sich, so schnell es ging, zurück. Sie versuchten denselben Weg zurückzulaufen, den sie gekommen waren. Aber schon in dem ersten Gang, in den sie einbogen, wartete eine Patrouille auf sie.

«Dahinten!» rief einer der Männer und zeigte auf Beck. Der Rest der Gruppe eröffnete sofort das Feuer. Beck warf sich zu Boden und erwiderte das Feuer. Jensen unterstützte ihn aus der

Deckung heraus. Vorsichtig robbte Beck wieder aus der Schußlinie.

«Zurück, zurück», schrie Beck und gab Jensen so lange Feuerschutz, bis sie wieder in der Halle war. Dann rannte er ihr nach.

Jensen hatte einen der kleinen Seitengänge als Fluchtweg gewählt, und Beck hoffte nur, daß der auch irgendwohin führte. Die Gegner waren ihnen bereits auf den Fersen, und es würde nicht lange dauern, bis sie herausfanden, welchen Gang die Eindringlinge genommen hatten. Der kleine Tunnel war nicht besonders lang und sie erreichten durch eine Klappe, die als Wandbehang getarnt war, den Speisesaal der Anlage. Kaum hatten sie ihn betreten, wurden auf der gegenüberliegenden Seite die Türen aufgerissen. Sowohl Beck als auch Jensen erwischten je eine der hereinstürmenden Wachen.

«Da links!»

Beck deutete auf die Anrichte der Essensausgabe. Jensen sprang auf die Anrichte und ließ sich dahinter in Deckung fallen. Dann erwiderte sie das Feuer. Beck hatte sich hinter einem Tisch verschanzt, und die Wachen deckten sie vom Flur her mit reichlich Blei ein. Holz splitterte. Lange würde der Tisch sicher nicht mehr halten. Beck sprang auf. Eine Kugel pfiff geradewegs an seinem Ohr vorbei. Er warf sich der Länge nach mit vorgestreckten Armen zu Boden und rutschte über das frisch gebohnerte Parkett bis zur Anrichte. Jensen feuerte blind auf den Eingang, so daß Beck genügend Zeit blieb, sicher über den Tresen zu springen.

«Jetzt sitzen wir in der Falle», stellte Jensen fest.

«Wird nicht lange dauern, dann haben sie uns eingekreist!»

Beck sah sich um. Hinter ihnen war die Küche. Dort hatten sie genug Deckung, um sich eine ganze Zeitlang zu halten. Vom Flur her wurde nicht mehr geschossen. «Kommen Sie raus und ergeben Sie sich!» rief jemand vom Flur her mit sächsischem

Akzent. Beck machte Jensen ein Zeichen. Sie verstand und schlich weiter in die Küche hinein. Hinter der ersten Tür war der Kühlraum. Die zweite Tür führte zum Lagerraum. Hier lagen Vorräte in den Regalen, die 100 Mann mit Sicherheit zwei Jahre ernähren konnten. Jensen wollte die Tür schon wieder zuschlagen, da entdeckte sie an der hinteren Wand einen Lastenaufzug. Ein Pfiff machte Beck auf den möglichen Fluchtweg aufmerksam. Jensen rannte zum Aufzug und öffnete die Tür. Da war Platz für mindestens zehn Personen. Mit diesem Aufzug brachten sie wohl die Vorräte herunter. Beck folgte ihr.

«Jetzt aber schnell! Nach oben!»

Der Fahrkorb setzte sich träge in Bewegung. Die Fahrt nach oben dauerte bei dieser Geschwindigkeit ziemlich lange. Dann aber waren sie endlich aus dem unterirdischen Labyrinth heraus. Sonnenlicht strömte durch die beiden schmalen Fenster an der Fronttür. Beck riß die Tür auf. Auf dem Hof vor dem Gebäude warteten dieselben Khakiuniformen auf sie wie da unten. Nur hier oben hatten sie automatische Waffen. Die Salve aus einer Uzi schwirrte Richtung Fahrstuhlkorb. Jensen schoß sofort zurück, und Beck zog, so schnell es ging, die Tür wieder zu. Im gleichen Moment prallten auch schon die ersten Geschosse von der schweren Metalltür des Fahrstuhls ab. Die Scheiben der Türfenster zersplitterten. Jensen schoß durch die kaputten Fenster zurück. So hielt sie die Gegner wenigstens davon ab, näher an sie heranzukommen. Aber hier saßen sie in der Falle. Beck drehte sich um und suchte nach einem Fluchtweg. Hinter ihnen war noch ein zweiter Ausgang aus dem Fahrstuhl. Die Tür war geöffnet worden. Eine Gruppe schwarzvermummter Männer hielt automatische Waffen mit Laser-Pointern auf sie gerichtet. Diese Kerle sahen weitaus entschlossener und gefährlicher aus als die Trantüten in Khaki da draußen auf der anderen Seite.

«Scheiße», fluchte Beck. Sie waren direkt in die Arme der gegnerischen Eliteeinheiten gelaufen. Selbst Jensen hob augenblicklich die Hände in die Luft. Diesmal hatte man sie erwischt, daran bestand kein Zweifel mehr.

Klinger hatte große Schwierigkeiten, sich zurechtzufinden. Ein schaler Geschmack nach faulen Haselnüssen lag auf seiner Zunge. Er hätte gerne ausgespuckt. Aber sein Mund fühlte sich an wie nach mehreren Betäubungsspritzen beim Zahnarzt. Er hatte seinen Kiefer nicht mehr vollständig unter Kontrolle. Bewegungslos blieb er liegen und starrte an die Decke. Grelles Licht flutete von oben herunter, in dem kleine Schatten wie Fische in einem Aquarium hin und her schwammen. Anscheinend war er nicht allein. Das einzig Gute an seiner Lage war, daß er nicht tot war. Oder vielleicht doch? Das Licht an der Decke verblaßte allmählich. Die Schatten entpuppten sich als Arme, die über seinem Kopf hin und her bewegt wurden.

«Er kommt zu sich», dröhnte es in seinem Schädel so laut. Klinger verzog das Gesicht. Das alles erinnerte ihn entfernt an einen LSD-Trip, den ihm jemand bei einem Einsatz in Kuba in seinen Drink geworfen hatte. Man mußte ihn stark betäubt haben. Langsam, aber sicher ließ auch das unaufhörliche Hämmern in seinem Schädel nach. Wahrscheinlich war das sein eigener Herzschlag gewesen. Das Blut, das durch seine Ohren rauschte, hörte sich an wie eine Meeresbrandung. Aber auch das klang immer mehr ab. Er versuchte den Kopf zu drehen. Es ging.

Auf Kopfhöhe neben ihm saß Liebesfeld auf einem Hocker und lächelte seinen Gefangenen fröhlich an.

«Willkommen zurück», sagte Liebesfeld und schnalzte mit der Zunge. Er stand auf und sah zu Klinger hinunter. «Sie haben sicherlich Verständnis dafür, daß ich Ihnen einige Fragen stelle.» Dann beugte sich Liebesfeld vor und kam ganz dicht an Klingers Gesicht. «Zuerst einmal: Wer sind Sie?»

Klinger war sich nicht sicher, ob er diese Frage überhaupt beantworten konnte. Sein Gaumen war immer noch taub.

«Leider muß ich auf Antworten bestehen, das ist Ihnen doch bestimmt klar?»

Klinger versuchte zu nicken. Er wußte nicht, was dabei herausgekommen war. Eine Hand in Gummihandschuhen griff nach seinem Kopf, und ein Lichtstrahl tanzte vor seinen Pupillen herum.

«Noch ein paar Minuten», sagte eine weibliche Stimme.

«Gut», seufzte Liebesfeld. «Dann zeige ich Ihnen mal mein Entgegenkommen und werde mit einer Information in Vorleistung treten. Sicherlich wird Sie interessieren, wie wir Ihrem kleinen Abhörspielchen auf die Schliche gekommen sind!» Liebesfeld machte eine theatralische Pause. «Ja, das wird Sie interessieren. Was glauben Sie, wie erstaunt meine Männer waren, als sie meine Stimme plötzlich in dem Babyphon gehört haben?»

Klinger riß sich zusammen. «Keine ... Kinder!» brachte er stammelnd heraus.

«Richtig! Sie haben sich gut informiert. Aber wir haben einen Hund. Wenn man das so nennen will. Und der Hund hat ein hysterisches Frauchen. Sie verstehen. Meine Frau hat das Babyphon neben dem Hundekörbchen plaziert, falls ihr kleiner Liebling mal hustet oder so was!» Liebesfeld lachte herzlich.

Klinger schlug die Augen zu. Er hätte diese verdammte Töle schon bei ihrer ersten Begegnung im Garten vergraben sollen.

«Wie dem auch sei. Die Idee war brillant! Wir haben die Mikrofone noch immer nicht gefunden. Aber Ihre Basis haben wir entdeckt. Das war ja nicht sonderlich schwer.»

Liebesfeld schaute Klinger aufmerksam an.

«Also, wer sind Sie?»

«Klinger», stöhnte er mühsam. «Personenkennziffer 140163 B30724, Bundesrepublik Deutschland.»

Liebesfelds Lachen war mehr ein Wiehern. Es zeugte von Schwachsinn und klang unangenehm in den Ohren.

«Sie sind kein Kriegsgefangener», erklärte Liebesfeld belustigt.

«Klinger, Personen ...»

«Schon gut, schon gut», winkte Liebesfeld ab. «Ich hab's ja verstanden. Ich werde Ihnen sagen, wie das jetzt läuft. Ich will wissen, für wen Sie arbeiten, was Sie über die Operation Pilum Longinus wissen. Wieviel Leute Ihre Gruppe hat und wo sich die anderen verstecken. Das probieren wir erst einmal auf die klassische Art. Wenn Sie dann zu den ganz harten Jungs gehören, gehen wir da technisch ran, alles klar?»

Liebesfeld wartete nicht auf eine Antwort. Er tätschelte Klinger die Wange und ging. «Er gehört Ihnen!»

Bevor Klinger nachvollziehen konnte, wen Liebesfeld meinte, hatten ihn vier starke Arme hoch gerissen und schleiften ihn mit eingeknickten Beinen auf die gegenüberliegende Seite des Raumes. Dort schnallten sie ihn auf einem unbequemen Holzstuhl mit hoher Rückenlehne an.

Die Frau mit den Gummihandschuhen kam mit langsamen Schritten auf ihn zu. Liebesfeld verließ den Raum, und die beiden gigantischen blonden Gorillas stellten sich rechts und links neben Klingers Stuhl. Die Frau trug nicht, wie er ursprünglich dachte, einen weißen Kittel, sondern ein khakifarbenes, engtailliertes Kostüm mit knöchellangem Rock. Auf dem Kopf trug sie ein ebenfalls khakifarbenes Schiffchen aus Baumwolle. Sie lächelte freundlich und zeigte eine Reihe perfekter weißer Zähne. Zu perfekt für Klingers Geschmack. Sie lächelte ihn aufmunternd an. Klinger war erleichtert. Wenn sie das Verhör führen würde, sollte es ihm nicht schwerfallen zu schweigen.

«Mein Name ist Martina Köster», sagte sie lächelnd, und im gleichen Moment klatschte ihre flache Hand mit dem Gummihandschuh in Klingers Gesicht.

Klinger war viel zu verblüfft, um Schmerzen zu empfinden.

«Mein Name ist Martina Köster», sagte sie noch einmal eindringlich. Gleich darauf fing sich Klinger die nächste Ohrfeige ein. Er hatte wieder nicht damit gerechnet.

Noch einmal sagte sie ihm ihren Namen. Beim drittenmal wollte Klinger den Kopf wegziehen. Er schaffte es auch fast. Aber für diesen Versuch fing er sich sofort eine weitere Ohrfeige von der anderen Seite ein. Einer der Gorillas drehte dann Klingers Kopf mühelos mit einer Hand wieder in Martinas Richtung. Wieder sagte sie ihm, wie sie hieß, und wieder bekam er eine Ohrfeige. Das war doch kein Verhör! Sie stellte doch überhaupt keine Fragen! Was sollte denn das? Klinger mußte die Prozedur noch einige Male über sich ergehen lassen. Allmählich schwoll sein Gesicht an. Steter Schlag erhöht die Wirkung, dachte sich Klinger. Vielleicht wollte sie, daß er ihren Namen wiederholte?

Klinger öffnete nach der nächsten Ohrfeige den Mund: «Ihr Name ist ...» Weiter kam er nicht. Diesmal hatte sie mit der Faust zu geschlagen.

«Ich habe nicht gesagt, daß du sprechen darfst!»

«Aber das ist ein Ver ...»

Diesmal landete die Faust in Klingers Gesicht, und seine Nase begann zu bluten.

«Du willst doch tapfer sein», zirpte sie unpassend mitfühlend. «Du willst doch gar nicht reden. Du willst uns doch nicht den Spaß verderben!»

Klinger schwieg. Das hatte er ja eigentlich sowieso vorgehabt. Aber irgendwie kam es ihm in den Sinn, daß diese Verrückte tatsächlich nicht wollte, daß er redete. Offenbar stand sie keineswegs unter Erfolgsdruck und wollte ihn lieber in aller Ruhe ein wenig quälen und verprügeln.

«Mein Name ...» Und schon klatschte ihre Hand wieder auf seine geschwollenen Wangen. Er konnte ihr den Spaß jederzeit verderben. Er brauchte nur so zu tun, als ob er auspacken wollte.

«Also gut ...» sagte Klinger.

«Psst», machte Martina und schlug schon wieder zu.

«Ich rede ja!»

«Ne!» stellte Martina kategorisch fest. «Mit so einem Schmutzfinken unterhalte ich mich nicht. Der ist ja voller Blut, Schweinerei!»

«Aber …» Klinger konnte es nicht fassen. Es gab doch genug Drogen, unter denen er sowieso alles sagen würde, warum machten die sich solche Mühe?

«Macht ihn erst mal sauber!» befahl Martina, und die beiden Hünen verließen ihren Posten. Kurz darauf traf Klinger ein harter, eiskalter Wasserstrahl ins Gesicht. Die beiden Blonden zielten mit zwei Feuerwehrschläuchen auf ihn. Er bekam Wasser in den Hals und mußte husten. Klinger versuchte sich abzuwenden, aber sie beschossen ihn von beiden Seiten. Er fühlte, wie das Wasser seine geschwollene Haut fast zum Platzen brachte. Außerdem bekam er kaum noch Luft, weil sie fast ausschließlich auf seinen Kopf zielten.

«Bringt ihn hier rüber», befahl Martina, als die Wasserstrahlen endlich versiegten. Die Hünen hoben Klinger wieder aus seinem Stuhl und brachten ihn zu dem Tisch. Wie ein Stück Fleisch warfen sie ihn darauf. Martina zog eine Spritze auf.

«Konservativ ging es eben nicht. Also technisch. Mal sehen, wie dir das Scopolamin bekommt!»

Das war ein Fehler! Klinger lachte innerlich. Sage dem Opfer niemals, was du ihm injizierst. Klinger hatte in seiner Ausbildung beim BND ein Training mit verschiedenen Alkaloiden absolviert. Er wußte ganz genau, was auf ihn zukam, und er war vorbereitet. Scopolamin löste lediglich einen alkoholähnlichen Vollrausch aus. Man verlor die Kontrolle über den Bewegungsapparat und über den Willen, aber man konnte durchaus noch gegensteuern. Und das um so besser, wenn man wußte, wann die Wirkung einsetzen würde.

Klinger spürte den Einstich und beeilte sich, in eine emotionale Kompensationslage zu kommen. Er konzentrierte sich mit aller Macht auf seine Schwester und ihre Schwangerschaft. Das war das erste, was ihm einfiel. Er verlor schon den Faden. An wen wollte er denken? Seine Schwester? Schwester!

«Wer sind Sie?»

«Helga!»

«Das ist falsch!»

«Wer sind Sie!»

«Meine Mutter?»

«Konzentrieren Sie sich! Ihr Name ist Klinger.»

«Ich werde ein Kind gebären», lallte Klinger glücklich.

«Nein, das werden Sie nicht. Hören Sie mir genau zu!»

«Ja.»

«Warum haben Sie dieses Haus abgehört?»

«Abgehört? Der Herzschlag ... das Kind ... es lebt!»

«Wer hat Ihnen den Befehl erteilt? Den Befehl, hier abzuhören.»

«Mein Mann», lallte Klinger immer noch beseelt von der einmaligen Erfahrung und den Eindrücken seiner Schwangerschaft. «Ist es ein Junge?»

Die Fragen verstummten. Nur in Klingers Kopf drehte sich alles weiter um das Wunder der Geburt. Klinger sah den Fötus in seinem Unterleib vor Freude Purzelbäume in der Fruchtblase schlagen. Er lachte glücklich. Es war ein gesunder Junge, das konnte Klinger sehen. Er konnte so nah an den Embryo heranfahren, wie er nur wollte. Kein Wunder, schließlich lebte er ja ganz nah in seinem Bauch. Gut gemacht, Klinger, lobte er sich selbst, als keine weiteren Fragen mehr kamen.

«Gut gemacht, Klinger», flüsterte diese Stimme in sein Ohr. Da kreiselte eine Zungenspitze in seinem Ohr herum. Das kitzelte. Der Embryo quiekte vor Vergnügen. Dann war er müde und schlief zufrieden ein.

«Völlig sinnlos», sagte Martina und nahm den Kassettenrecorder mit zu ihrem Boss, um ihm das armselige Ergebnis vorzuspielen.

Beck überschlug ihre Chancen noch einmal. Wenn er jetzt überraschend abdrückte, könnte er einen, vielleicht sogar zwei erwischen. Niemals aber alle vier. Die Jungs in Schwarz sahen zudem unheimlich wachsam aus. Sie standen stumm da und drohten mit ihren Kalaschnikows. Von außen prallten noch immer Geschosse an der Stahltür des Fahrstuhls ab. Unter den schwarzen Skimasken tat sich was. Über Sprechfunk schienen sie die anderen draußen zu informieren. Die konnten nun wirklich mal aufhören zu schießen. Schließlich gefährdeten sie auch ihre eigenen Kameraden. Völlig unerwartet schlug einer der Maskierten mit der flachen Hand auf den Knopf der Konsole: Abwärts. Der Fahrstuhl setzte sich gemütlich zuckelnd in Bewegung. Irgend etwas stimmte mit diesen Typen nicht. Sie waren zu nervös, dafür, daß sie in der weitaus besseren Position waren.

«Wer seid ihr?» fragte einer der Kerle nuschelnd durch seine Skimaske.

Beck und Jensen sahen sich fragend an. Etwas war hier reichlich faul.

«Touristen!» antwortete Beck. «Und ihr?»

Die vier tauschten kurze Blicke aus.

«Ebenfalls Touristen!» antwortete dann der Anführer der Gruppe. «Wer ist euer Reiseveranstalter?»

Beck schmunzelte. «LTU! Und euer Veranstalter?»

«BND!» sagte der Anführer. Die anderen drei ließen die Waffen sinken.

«Also gehört ihr nicht zu diesen Khakihemden!» folgerte Jensen messerscharf und nahm ihre Arme wieder herunter.

«Was ist euer Reiseziel?»

«Wir suchen Professor Haushofer.»

Die vier sahen sich an. «Negativ», erklärte der Anführer.

«Wieso?» fragte Beck.

«Haushofers Visum ist abgelaufen.»

«Was redet der für einen Unsinn?» wollte Jensen wissen.

«Die Herren hier haben den Auftrag, Haushofer ein neues Einzimmerappartement im Tiefparterre zu verpassen», klärte Beck seine Kollegin auf.

«Fahren wir mit dem gleichen Bus?» wollte der Anführer von Beck wissen.

«Ist wohl besser», sagte Beck nachdenklich. «Wir haben nicht mit so einem freundlichen Empfang hier gerechnet.»

«Ja, das sind mehr Heimspieler als erwartet», stimmte der Anführer zu.

In diesem Moment glitt der Fahrkorb an der Küche vorbei. Sofort flogen wieder Kugeln. Die Insassen des Fahrkorbs duckten sich.

«Wir müssen noch eins tiefer! Achtung jetzt!»

Offenbar kannten sich die BND-Leute hier aus. Ein Grund mehr, sich an ihre Fersen zu heften. Als der Fahrstuhl eine Etage tiefer hielt, blieb alles ruhig. Einer der BND-Leute blockierte den Fahrstuhl mit der Notbremse.

Einer der Männer riß die Tür auf. Draufhin rollten sich zwei der BND-Spezialisten mit einer Vorwärtsrolle raus auf den Flur und sicherten ihn. An den Wänden rotierten im Abstand von zehn Metern Warnlichter, die auf das Eindringen von Fremden hinweisen sollten. Rechts und links von dem Gang konnte man verschiedene Labore durch dicke Glasscheiben erkennen. Die Fenster hatten abgerundete Ecken und sahen so aus, als ob sie aus Panzerglas beständen. In keinem der Labore schien jemand zu arbeiten. Alle Arbeitsplätze waren so ordentlich verlassen, als ob man die gesamte Belegschaft geschlossen in die Ferien geschickt hätte.

Die BND-Truppe trennte sich. Zwei Mann rannten rechts den Gang hinunter, wo sich wohl die Treppe nach oben befand.

Der Rest schlich von einem Labor zum nächsten, alle waren mit Kennkartenschlössern ausgestattet. Dann kam die Tür, die aussah, als gehörte sie zu einem begehbaren Banktresor.

«Da müssen wir rein», sagte der Gruppenführer der BND-Truppe. Einer seiner Männer trat vor und holte aus seinem Rucksack ein Päckchen Plastiksprengstoff. Er formte daraus eine lange Wurst und klebte sie um den großen Drehkranz in der Mitte der Tür.

«Deckung!» rief Beck und drängte Jensen von der Tür weg.

«Ich weiß nicht, ob das mit dem Sprengstoff so eine gute Idee ist», meinte sie.

«Wieso? Die haben uns doch sowieso schon entdeckt.»

«Aber wir wissen nicht, was sich hinter dieser Tür befindet.»

«Ist zu spät, darüber zu spekulieren ...» sagte Beck und zog sie mit sich.

Die Explosion war gar nicht so laut, wie Beck bei dieser Menge Sprengstoff angenommen hatte. Die zweite Gruppe des BND meldete, daß der Treppenaufgang versperrt und gesichert sei. Hoffentlich hatten die Kerle auch daran gedacht, daß sie hier irgendwann mal wieder raus mußten.

Dann erfolgte die zweite Explosion. Sie war wesentlich lauter und hinterließ ein verkohltes kreisrundes Loch in der Stahltür. Unter dem Schutz seiner Kameraden stieg ein BND-Mann hindurch. Hinter dieser Tür lag das eigentliche Herzstück des ganzen Komplexes. Ein hochmodernes Sicherheitslabor der Stufe 4. Ein gewaltiger Kasten aus Panzerglas inmitten des Raumes. In dem Kasten befanden sich diverse Versuchsapparaturen, ein Regal mit einer Menge biologischer Proben und der Professor. Der Professor arbeitete in einem Schutzanzug, der eine eigene Sauerstoffversorgung hatte. Er sah aus wie ein Astronaut. Nur fehlte ihm jede Anmut von Schwerelosigkeit bei seinen Bewegungen. In der Hand hielt er ein verschlossenes Reagenzglas, in dem sich eine klare Flüssigkeit befand.

«Was wollen Sie hier?» quäkte die Stimme des Professors blechern aus dem Lautsprecher auf einem der Kontrollpulte.

«Mal ein Wörtchen mit Ihnen reden!» drängelte Jensen sich vor.

Der Professor deutete an, daß er kein Wort verstand, und zeigte auf das Mikrofon auf dem Pult. Der Anführer der BND-Gruppe eilte Jensen hinterher an das Pult.

«Moment mal! Ich habe den Auftrag ...»

«Ich weiß, welchen Auftrag Sie haben. Aber umlegen können Sie ihn auch später noch. Ich muß erst einige Informationen von dem Mann bekommen!»

«Fünf Minuten», sagte der Gruppenführer. «Falls die Khakihemden vorher einen Weg finden, hier herunterzukommen, ist sofort Schluß mit dem Diskutieren!»

Jensen erklärte sich einverstanden. Beck sicherte mit den anderen BND-Männern den Rückzug.

«Hören Sie. Wir kommen aus Hamburg. Ein Virus grassiert in der Stadt ...» Jensen bemühte sich, freundlich zu klingen.

Der Professor lachte scheppernd. «Das kann man wohl sagen. Aber das ist nichts im Vergleich zu dem, was in Kürze noch auf Sie zukommt.»

«Sie wissen von unserem Problem?»

«Aber sicher. Es sind doch meine kleinen Schützlinge, die Ihnen solche Kopfschmerzen bereiten.» Der BND-Mann hörte aufmerksam zu. Er schien sich das mit den fünf Minuten gerade noch mal zu überlegen. «Sehen Sie dieses Glas hier?»

«Ja», antwortete Jensen. «Was ist damit.»

«Da sind die wirklich bösen Kerlchen drin! U 7–4 Alpha. Die machen kurzen Prozeß mit all dem schwarzhaarigen Abschaum!»

«Wie meinen Sie das?» fragte Jensen und sah aus den Augenwinkeln, daß der Gruppenführer des BND sich die Maske vom Kopf zog.

«Diese munteren kleinen Kerle vermehren sich so schnell, daß sie theoretisch in sieben Tagen die gesamte Bevölkerung der Erde infiziert haben könnten. Nach ein paar Tagen Inkubationszeit kommt dann das Fieber, und das war's.» Der Professor kichert boshaft. «Was übrigbleibt, wird eine neue Generation von hellhäutigen, blonden Ariern sein, die, wie es die Legende von Thule berichtet, die Welt beherrschen werden.»

«Aber Ihre Arier werden ebenfalls sterben, wenn Sie diesen Virus auf die Menschheit loslassen.»

Wieder röchelte dieses gehässige Lachen aus den Lautsprechern. «Ich dachte, nach dem Unfall mit Markus ... ein ungeschickter Kerl übrigens: Läßt ein Reagenzglas fallen und hebt die Scherben mit den Fingern auf. Dabei mußte er sich natürlich schneiden, dieser Dummkopf. Bums war's passiert. ... Ich dachte, Sie hätten den Virus längst genetisch entschlüsselt?!»

«Leider nicht. Wir hatten dabei auf Ihre Hilfe gehofft!» Die fünf Minuten waren fast um. Jensen sah, wie der BND-Mann auf die Uhr schaute. Aber sie war sicher, daß der Mann ihr noch eine Verlängerung zubilligen würde.

«Meine Hilfe? Das ist ja witzig. Ja, ich helfe Ihnen gerne auf die Sprünge. Der Virus wird nicht aktiv ohne ein bestimmtes Enzym im Blut. Erst wenn sich dieses Enzym an den Virus ankoppelt, kommt es zum hämorrhagischen Fieber. Wenn dieses Enzym fehlt, kommt es lediglich zu einer Art Grippe, und nach acht bis zehn Tagen wird der Virus von dem Immunsystem vernichtet.»

«Dann gibt es ein Gegenmittel? Einen Impfstoff?»

«Nein, nein, nein. Das Gegenteil ist der Fall. Es gibt sozusagen einen Katalysator. Darum kann es auch kein Gegenmittel geben. Gefährlich wird es ja nur, wenn etwas da ist, was der Körper selbst produziert. Sie können den Katalysator nicht aus dem Körper entfernen. Verstehen Sie?»

«Ich denke schon.»

«Es wird Zeit», sagte der BNDler und deutete auf die Uhr. «Welches Enzym ist dieser Katalysator?»

Der Professor schüttelte schwerfällig den Kopf. «Sie sind wirklich schwer von Begriff. Das falsche Gen ist dominant! Allein daran kann man sehen, daß es keinen Gott gibt. Es ist natürlich ein Enzym, das schwarzhaarige Menschen in sich tragen und das die Pigmentierung ihrer Haarfarbe beeinflußt. Verstehen Sie? Der Virus befällt ausschließlich Menschen mit dunkler Haarfarbe. Neger, Asiaten, Indios und diesen ganzen pseudoeuropäischen, südländischen Abschaum.»

Der BND-Mann kratzte sich nachdenklich an seinen dunklen Haarstoppeln.

«Es ist Ihnen doch klar», sagte Jensen, «daß wir Sie mit diesen Viren keinesfalls aus dem Labor lassen können!»

Wieder dieses Lachen. «Das ist doch gar nicht nötig. Es befindet sich längst ein Stamm dieser Viren an seinem vorbestimmten Ort. Und in wenigen Stunden, zur Wintersonnenwende, wird Pilum Longinus in die geweihte Mutter Erde fahren und die Winde der Vernichtung um den ganzen Globus jagen.»

«Wie meint der das?» wollte der Gruppenführer aufgeschreckt wissen. Er wurde zwar nicht dafür bezahlt, daß er bei der Ausführung seiner Aufträge nachdachte, aber so ganz konnte er diese Fähigkeit wohl nicht ignorieren.

«Keine Ahnung! Sie wollten ihn sich doch vornehmen. Aber tun Sie uns allen einen Gefallen und sorgen Sie dafür, daß diese verdammten Viren da bleiben, wo sie hingehören.»

Der BNDler sah ratlos aus. «Wir kommen nicht an ihn ran. Selbst wenn wir die Scheibe kaputtkriegen. Dann fällt ihm das Reagenzglas runter, und das war's dann!»

Damit hatte er leider recht. Wahrscheinlich mußte einer von ihnen da rein und die Sache erledigen. Der Professor konnte zwar nicht gehört haben, worüber sie sprachen, aber lachte schon wieder und schwenkte gut gelaunt das Reagenzglas hin und her.

«Kein Problem», rief Beck. «Wir drehen ihm einfach die Luft ab.» Beck suchte nach dem Ventil für die Sauerstoffzufuhr der Anzüge. «Hier», sagte er und drehte auch gleich den Hahn zu.

«Toll», freute sich der BNDler. «Jetzt muß er den Anzug öffnen. Wenn er dann das Reagenzglas fallen läßt, ist er wenigstens selber mit dran!»

«Kann er nicht!» entgegnete Beck. «In dem Glaskasten herrscht fast ein Vakuum. Damit nichts überlebt, was die Experimentierkästen oder die Reagenzgläser verläßt. Wenn er den Anzug öffnet, kriegt er noch weniger Luft. Im Moment bleibt ihm zumindest noch die Restluft in dem Anzug.»

Offenbar hatte Beck recht. Der Professor schien bemerkt zu haben, daß etwas nicht stimmte.

«Er will zur Luftschleuse!» schrie Beck. «Mach die äußere Tür auf, dann ist die innere automatisch verriegelt.»

Mit einem Satz war der BND-Mann an der Luftschleuse. Er riß die äußere Tür gerade noch auf, bevor der Professor die Innentür erreicht hatte. Ein sonores Warnsignal ertönte. An der inneren Tür der Luftschleuse blinkte eine rote Lampe. Das Arier-Genie bekam einen kindlichen Tobsuchtsanfall. Aus den Lautsprechern plärrten übelste Beschimpfungen. Dann ein hysterischer, langgezogener Schrei. Sollte er doch toben, dann ging ihm die Luft nur um so schneller aus.

Diese Tatsache hielt den Professor keineswegs in seinem Wahn zurück. Er tobte durch das Labor und begann, mit allem gegen das Panzerglas zu werfen, was ihm in dem Labor zur Verfügung stand. Entsetzt sahen sie, wie der Professor den schweren Labortisch gegen die Scheibe schlug. Aus den Lautsprechern hörten sie seinen hastigen Atem. Ein zweiter Schlag, die Scheibe hatte einen ganz feinen Riß. Und noch ein Schlag. Ein dritter Sprung im Glas zeigte sich. Aber sie hielt stand. Noch.

«Micha!» schrie der BND-Mann und starrte gebannt auf die Glasscheibe, hinter der der sichere Tod auf sie alle lauerte. «Wir sprengen die ganze Scheiße in die Luft. Es gibt keine andere Möglichkeit mehr. Jetzt sofort! Bevor der Kerl die Scheibe zertrümmert.»

«Wir brauchen einen Brandbeschleuniger, der ausreichend Hitze produziert, um hier auch wirklich alles in Asche zu verwandeln!» rief Beck und stürmte raus in das Nachbarlabor. Kartenschloß hin oder her. Beck nahm einem BND-Mann die Schrotflinte aus der Hand, und nach drei Ladungen hatte das Schloß aufgegeben.

Haushofers Bewegungen waren inzwischen langsamer geworden. Aber noch einmal schaffte er es, den Tisch gegen die Scheibe zu schleudern. Die Anzahl der Risse war nicht mehr zu zählen. Micha verteilte Sprengsätze und steckte die Zünder rein. Jensen stand bewegungslos vor dem Glaskasten. Sie schaffte es nicht, ihren Blick von Haushofers Todeskampf abzuwenden.

Beck kam zurückgelaufen und schleppte einen 5-Liter-Kanister Benzol an. Er postierte ihn gleich neben einem der Sprengsätze. In diesem Moment sahen sie, wie Haushofer in Zeitlupe und mit scheinbar letzter Kraft den Tisch noch einmal gegen das Glas schleuderte. Aus dem Lautsprecher kam nur ein ersticktes, nach Luft japsenden Keuchen. Die Scheibe aber zerbarst in tausend milchige Bruchstücke. Noch war sie im Rahmen und hielt dicht. Niemand wollte so recht daran glauben. Aber wenn er es nun doch schaffte, dann ...

«Micha! Nur 30 Sekunden ... Raus hier, raus! Lauft um euer Leben!» schrie der BND-Mann. Das brauchte man weder Jensen, noch sonst jemandem zweimal zu sagen.

Sie rannten den Gang entlang auf den Fahrstuhl zu. Dort aber wartete eine Überraschung auf sie. Die Khakihemden hämmerten auf das Dach des Fahrkorbes ein. Offensichtlich hatten sie sich in den Schacht abgeseilt und versuchten nun, in den Fahrkorb einzudringen. Na, das war ihr Pech, fand Jensen, die den Fahrstuhl zuerst erreicht hatte. Sie feuerte, ohne zu zögern, das halbe Magazin der Calico durch die Decke. Die Schmerzensschreie gingen in den Schreien der anderen Khakihemden unter, die sich unterdessen durch den versperrten Notausgang an der Tür zum Treppenaufgang durchgearbeitet hatten. Im Vorbeilaufen verschossen Beck und die BNDler alles, was ihnen zur Verfügung stand.

Einer der BND-Männer wurde bei dem Feuergefecht getroffen und ging zu Boden.

«Laß das, Micha.» Der Chef hielt ihn zurück. Es blieb ihnen keine Zeit, den Verletzten zu bergen. «Nur noch 15 Sekunden! Die Granaten!» Beck war beeindruckt. Selbst der Verwundete am Boden zog noch eine Granate und entsicherte sie. Die anderen schleuderten, während Beck die Fahrstuhltüren schloß, alle Handgranaten, die sie hatten, in den Flur.

Dann warteten sie eine wertvolle Sekunde, bis der Fahrstuhl sich endlich in Bewegung setzte. Das war die längste Sekunde, die sie bisher erlebt hatten.

«Das Ding fährt zu langsam!» rief Jensen.

Beck schaute sie mitleidig an. Alle wußten, daß der Fahrstuhl es nicht schaffen würde. Sie waren gerade auf Höhe der Küche, als unten die Handgranaten explodierten. Micha schlug ein Kreuz auf der Brust. Einen Kameraden hatte er gerade verloren. Noch höchstens acht Sekunden bis zur Detonation.

ACHT

Die Nachwirkungen des Scopolamins waren ähnlich wie beim Alkohol. Klinger hatte keine Ahnung, wie lange er hier im Rausch gelegen hatte. Sein Kopf schmerzte. Es fühlte sich an, als würde sein Hirn versuchen, sich auf Erbsengröße zusammenzuziehen und dann wieder anzuschwellen, bis die Schädelknochen dem ein Ende bereiteten. Aber ansonsten fühlte er sich klar. Der Raum, in dem er auf der Liege gefesselt lag, war eine Art Waschraum. Offenbar im Keller von Liebesfelds Haus. Es wurde Zeit, seine Flucht zu planen. Klinger schaute sich um. Hier gab es nichts, was ihm dabei behilflich sein könnte, sich zu befreien. Seine Arme und Beine waren mit breiten Lederschnallen an dem Tisch fixiert. Klinger riß und zerrte daran, aber das war völlig sinnlos.

Jemand kam an die Tür. Klinger verhielt sich still, tat so, als ob er noch weggetreten war.

Martina betrat den Raum und kam an Klingers Tisch heran. Geübt fühlte sie seinen Puls.

«Komm schon, Klinger, du bist wach! Das war nur eine minimale Dosis. Mach die Augen auf.» Klinger öffnete die Augen und sah sich um. Er war allein mit Martina in diesem düsteren Verlies.

Sie zog eine Spritze auf. Klinger schloß die Augen wieder und bereitete sich auf einen weiteren Scopolamin-Trip vor. Die Nadel drang in seinen Oberarm ein und verteilte ihr Gift.

Martina tätschelte Klingers Wange. «Komm schon!»

Klinger wartete auf das Einsetzen der Wirkung, aber er fühlte sich jede Sekunde etwas besser.

«Das waren 200 mg Koffein, Klinger. Ich habe keine Zeit, dir eine ganze Kanne Kaffee zu kochen. Nun komm schon, wir sind allein.»

Klinger sah Martina an. Sie lächelte auf ihre eigenwillige kühle Art. Dann begann sie seine Fesseln zu lösen. «Beeil dich, wir haben es wirklich eilig.»

Jetzt erinnerte Klinger diese Frau wieder an jene Martina, mit der er zwei Jahre lang beim BND zusammengearbeitet hatte. Sie war nicht mehr jene Frau von vorhin, die ihm voller Wonne stundenlang Ohrfeigen verpaßte.

«Danke übrigens, daß du meine Tarnung nicht hast auffliegen lassen», sagte sie. «Ich habe zwar keine Ahnung, für wen du zur Zeit arbeitest, aber du hast nichts verlernt.»

Das war durchaus wahr. Sie hatten gelernt, sich nicht zu erkennen, selbst wenn sie nicht wußten, wer auf welcher Seite stand.

«Dann hast du mir also mit Absicht gesagt, was du mir verabreicht hast?»

«Natürlich. Ich wußte doch, daß du nichts ausplauderst, wenn du weißt, was auf dich zukommt. Erinnerst du dich denn nicht mehr daran, das wir denselben Kurs belegt hatten?»

«Klar weiß ich das noch. Ich erinnere mich noch an ganz andere Sachen. Aber nicht daran, daß es dir kommt, wenn du gefesselte Männer ohrfeigst.»

«Tja, ist mal was Neues», scherzte Martina. «Ich habe inzwischen noch ganz andere Nummern mit Handschellen drauf. Können wir vielleicht später mal ausprobieren, wenn hier alles vorbei ist.»

Klinger rieb sich seine Handgelenke. Er war noch nicht endgültig davon überzeugt, daß Martina ihm nicht eine Falle stellen wollte.

«Zieh dir was an», sagte sie und zeigte auf seine Sachen, die auf dem Holzstuhl bereitlagen.

«Was ist, wenn einer von denen hier reinkommt und uns sieht?» fragte Klinger.

«Keine Chance», behauptete Martina. «Das Haus ist gesäubert. Alle, die noch hiergeblieben waren, habe ich liquidiert.»

«Auch diesen kleinen Köter?»

«Mußte sein. Der sprang ewig kläffend um sein totes Frauchen herum.»

Klinger nickte. «Und Liebesfeld?»

«Tja, das ist das eigentliche Problem. Ich hatte gehofft, schon hier in den Besitz der Viren zu kommen, aber leider ist mir das nicht gelungen. Nun haben wir nur noch heute nacht die Chance, eine Katastrophe zu verhindern.»

Klinger versuchte, seinen mangelnden Gleichgewichtssinn irgendwie zu überspielen. Aber er schaffte es einfach nicht, in seine Hose zu steigen. Martina kam und half ihm. «Was läuft hier eigentlich?»

«Ich helfe dir beim Anziehen. Ist doch auch mal was anderes. Früher habe ich dir die Hosen immer nur ausgezogen.»

Das meinte Klinger nicht und daran wollte er sich im Moment auch überhaupt nicht erinnern.

«Also, dieser Liebesfeld ist Großmeister des Thule-Ordens. Diese Leute glauben an eine uralte Legende, wonach Thule eine Stadt war, die ähnlich wie Atlantis vor elend langer Zeit mal untergegangen ist. Dort sollen früher riesenhafte Übermenschen gelebt haben. Zur Jahrtausendwende, so sagt die Legende, soll Thule sich wieder aus den Fluten erheben und ein neues Geschlecht der Ariogermanen hervorbringen. Während der Rest der Menschheit dem Untergang geweiht ist. Das ist die wahre Geburtsstunde des tausendjährigen Reiches.»

«Wow», sagte Klinger und zog den Reißverschluß zu.

«Es geht noch weiter, wart's ab! Die Brüder des Thule-Ordens glauben, daß die Reinheit des arischen Blutes über den Fortbestand ihrer Art entscheiden muß. Ihr Blut wird von der Kraft der Runen beschützt. Siehst du das hier?»

Martina zeigte ihm die Innenfläche ihres Handgelenkes. Da war ein SS-Symbol eintätowiert. «Das ist die doppelte Siegrune Sowilo. Das bedeutet: Ich gehöre zum inneren Kreis der Bruderschaft. Eine einfache Siegrune bedeutet, daß es sich um ein einfaches Mitglied handelt. Den Runen wohnt die magische Kraft inne, den Endsieg herbeizuführen. Dann gibt es aber noch die Träger der dreifachen Siegrune. Das sind die Auserwählten. Ihr Blut ist so rein, daß sie die neue Generation der Ariogermanen bilden werden.»

«Dann sieh mal zu, daß du dir rechtzeitig die dritte Rune verdienst», lästerte Klinger. Er war fertig angezogen und folgte Martina durch die Tür in den Flur. Eine Treppe führte nach oben in das Erdgeschoß. Noch immer war Klinger nicht wirklich überzeugt, daß Martina auf seiner Seite war. Aber seine Chancen zu fliehen, stiegen mit jeder Minute.

«Geht leider nicht. Das ist nicht einfach nur so ein Hokuspokus. Die dritte Rune bedeutet im Klartext, daß dem Blut ein bestimmtes Enzym fehlt. Ein Enzym, daß nach der Infektion mit einem bestimmten mutierten Lassa-Virus die Krankheit ausbrechen läßt.»

«Was?» fragte Klinger alarmiert. «Die Kerle sind dann immun gegen das Lassa-Fieber?»

«Jedenfalls gegen die Virusvariante, die der große Magier der Armanen, den du vielleicht unter seinem bürgerlichen Namen Professor Haushofer kennst, gezüchtet hat.»

Klinger fiel es wie Schuppen von den Augen. Jetzt ergab die Sache einen Sinn. Er warf einen Blick auf den blonden Anabolika-Mutanten, der im Flur lag. Gegen Kopfschüsse von hinten halfen diese Siegrunen offensichtlich nicht. Das war beruhigend zu wissen.

«Dann wird dieser Liebesfeld die Viren garantiert irgendwo freisetzen, wenn er schon eine Chance zu überleben hat», folgerte Klinger. «Das ist ein Alptraum!»

«Und gar nicht blöd gedacht. Er wird die Viren aber nicht irgendwo freisetzen, sondern an einem vorbestimmten Ort und zu einer vorbestimmten Zeit.»

«Und du weißt wo und wann?»

«Ja», sagte Martina. «Es ist ganz in der Nähe. Das zentrale Heiligtum der Armanen. Dort wird das Julfest begangen. Die Wintersonnenwende, die letzte dieses Jahrtausends.»

«Das ist doch heute», stellte Klinger fest. «Dann nix wie hin!»

«Oh, wir haben noch etwas Zeit. Ich habe Liebesfeld aus

Malta den Pilum Longinus gebracht. Aber die Viren sind auf anderem Wege hergelangt. Die müssen sie jetzt erst noch holen.»

«Was ist denn das jetzt wieder für ein Pilaw?» Klinger stieg über einen weiteren arischen Versager, der die Geburt des tausendjährigen Reiches nun doch nicht mehr erleben würde. Martina hatte ganze Arbeit geleistet.

«Pilum!» korrigierte ihn Martina. «Angeblich der Speer, mit dem ein römischer Kriegsknecht nach Jesu Kreuzigung seine Seite geöffnet hatte. Daher ist die Spitze in das heilige Blut Jesu Christi getaucht worden. Deshalb sollen von diesem Speer einzigartige Kräfte ausgehen. Wer ihn in seinem Besitz hat, hält angeblich das Schicksal der Welt in seinen Händen.»

«Ach ja? Na, im Moment scheint das sogar zu stimmen.»

«Der letzte, der im Besitz des Speeres gewesen sein soll, war der Führer persönlich. Aber nach dem Untergang des Dritten Reiches hatte die katholische Kirche den Speer wieder in ihrer Schatzkammer verschwinden lassen. Bis vor ein paar Jahren. Da schaffte es ein geschickter Dieb, den Speer im Auftrag einer Sekte an sich zu reißen.»

«Einer dieser Thule-Brüder!»

«Knapp daneben. Ich war das. Aber der Auftrag kam nicht direkt von den Thule-Brüdern, sondern von den Sonnentemplern. Mit Hilfe ihres Geheimdienstnetzes konnte ich in den Vatikan eindringen und den Speer entwenden.»

«Und dann hast du ihn Liebesfeld übergeben.»

Martina lachte. «Da kennst du die Sonnentempler schlecht. Ihr Anführer Jo di Mambro war ein superparanoider Spinner. Seine Leute haben mich während der ganzen Aktion keine Sekunde aus den Augen gelassen. Also habe ich den Speer brav bei Jo di Mambro abgeliefert!»

«Und?»

Martina zuckte mit den Schultern und hielt Klinger die Schlüssel von der MÜCKE hin.

«Die wollten ja sowieso zum Sirius. Da hat Liebesfeld kurzerhand entschieden, daß es Zeit für Jo di Mambros Transit wäre. Ein paar Brüder des Thule-Ordens waren ihm dabei äußerst gerne behilflich. Sie organisierten die Reise für einen großen Teil der Mitglieder der Sonnentempler. Und so kam Liebesfeld dann doch noch in den Besitz des Speeres. Und mit dessen Hilfe will er heute nacht das Verderben für die Menschheit auf seine Reise schicken.»

«Wie lange arbeitest du schon an dieser Geschichte?»

«Sind jetzt etwa sechs Jahre. Aber erst der Pilum Longinus war meine Eintrittskarte in den inneren Zirkel. Ich sage dir, der CIA ist nicht halb so paranoid und mißtrauisch wie diese Sektenspinner. Da wäre ich schon nach drei Jahren stellvertretender Direktor geworden.»

Klinger lachte und startete den Wagen. Es wurde Zeit, diesem Liebesfeld sein Spielzeug wegzunehmen und die Menschheit vor dem Untergang zu retten.

«Vier, drei, zwei ...» zählten die Passagiere im Fahrstuhl ihre letzten Sekunden mit. Die Detonation erfolgte. Zuerst spürte man nur eine kleine Erschütterung, dann kam ein tiefes Grollen hinzu. Der Fahrstuhlkorb begann leicht zu vibrieren, und dann erreichte sie die Druckwelle.

Der Fahrstuhl schien in Zeitlupe zu beschleunigen. Wahrscheinlich eine Folge der Druckwelle. Jeder im Fahrstuhl hielt sich spontan irgendwo fest.

«Auf den Boden. Legt euch ...» schrie Beck.

Doch bevor sich in dem Fahrstuhl überhaupt noch jemand hinwerfen konnte, schlug der Fahrkorb schon ungebremst unter die Decke des Schachtes. Durch die Wucht des Aufpralls hoben die Passagiere einige Zentimeter ab. Die Träger der Gleitschienen quietschten. Das Metall des Fahrkorbes verbog sich unter der Wucht des Aufpralls, und die Zelle verkantete sich oberhalb des Ausstiegs. Die Insassen wurden wieder zu Boden geschleudert.

«Au, Scheiße, ist das heiß», schrie Jensen und sprang sofort wieder auf die Beine. Der Fußboden qualmte leicht vor sich hin.

«Wir müssen hier raus, bevor wir kochen!» rief Beck.

Der Fahrstuhl war, durch die Explosion angetrieben, wie eine Gewehrkugel durch den Schacht gerauscht. Weit unter ihnen verschlang das Benzol in einem Feuerball alles, was in den Laboren noch am Leben war. Allmählich stieg die Hitze bis zu ihnen hinauf. Zwischen dem Fußboden des Fahrstuhls und der Oberkante des Ausgangs war gerade mal ein halber Meter Platz. Gerade genug, um hinauszuklettern. Sie mußten nur noch die Türen aufkriegen. Wenn die sich ebenfalls verzogen hatten, dann säßen sie in diesem Schnellkochtopf fest.

Beck und Micha drückten mit vereinten Kräften gegen die Fahrstuhltür. Gott sei Dank ging sie ein gutes Stück auf. Das mußte reichen. Beck zwängte sich durch die Öffnung. Dann stand er draußen auf der kleinen Laderampe vor dem Schuppen und atmete tief durch: frische Seeluft. Am Horizont zeigte sich ein erster Lichtstreifen. Bald würde die Sonne aufgehen.

Die anderen folgten ihm, und wenig später stand die ganze Gruppe auf der Rampe im Freien. Es war ein unbeschreiblicher Anblick. Noch immer waren von unten kleinere Detonationen zu hören. Aus den Luftschächten überall auf der Insel leuchtete es hellorange. Qualm vermischte sich in dichten dunklen Schwaden mit dem flackernden, unheimlichen Licht.

«Was nun?» fragte Beck.

«Das kann man kilometerweit sehen», stellte Jensen fest. «Die maltesischen Behörden werden wenig Freude daran haben, wenn jemand ihre Wasserversorgung lahmlegt. Ich schätze, wir sollten so schnell wie möglich von Malta verschwinden.»

«Außerdem haben wir noch einiges zu erledigen», ergänzte Beck.

«Was reden wir dann noch lange herum?» fragte Jensen und wollte sich auf den Rückweg zum Schlauchboot machen.

«Moment mal», rief sie der Gruppenführer des BND zurück. «Das Schnellboot liegt in dieser Richtung.»

«Was für ein Schnellboot?»

«Mit dem wir aus Sizilien herübergekommen sind.»

Beck sah Jensen an. «Nein, nein», entschied sie. «Wir müssen nach Deutschland zurück, so schnell wie möglich. Wir versuchen, das Flugzeug zu erreichen.»

Die BND-Gruppe schien das auszudiskutieren. Offenbar war ihnen die Passage per Schiff dann doch zu riskant.

«Können wir uns anschließen?»

«In unserem Schlauchboot ist nicht genug Platz», gab Beck zu bedenken.

«Wir könnten unser Schnellboot nehmen.»

Das war ein Argument. Beck und Jensen schlossen sich der BND-Truppe an.

«Diese Aktion war doch wohl eher ein Desaster», stellte Jensen fest, während sie Richtung Schnellboot marschierten.

«Würde ich so nicht ...» widersprach Beck zaghaft.

«Ach was! Still und ohne daß uns jemand bemerkt, wollten wir diese Katakomben untersuchen, und jetzt? Jetzt haben wir einen Haufen Toter hinterlassen und die halbe Anlage in die Luft gesprengt. Das ging doch schon damit los, daß du den Alarm ausgelöst hast!»

«Was soll denn das jetzt heißen?» rief Beck empört.

«Das mit dem Alarm waren wir», gab Micha kleinlaut zu. «Wir hatten von unserem Agenten einen veralteten Code für das Haupttor bekommen.»

«Halt den Mund!» wies ihn sein Gruppenführer zurecht.

Plötzlich sackte einer der BND-Männer in sich zusammen. Niemand rief: «Deckung!» Aber alle lagen wie auf Kommando auf dem Boden.

«Da sind noch welche übrig», vermutete Jensen flüsternd.

«Lothar!» zischte Micha leise. Der Gruppenführer starrte angestrengt in die angegebene Richtung. Jetzt sah Beck es auch. Die Reflexion eines Zielfernrohres. Viel zu groß für ein normales Fernrohr. Das war ein Nachtsichtgerät. Beck klappte seinen Restlichtverstärker herunter. Der Kerl lag gut geschützt in einer Mulde, vielleicht zwanzig Meter entfernt.

Und sie befanden sich wie auf dem Präsentierteller. Wenn sich einer von ihnen vorwagte, wurde er dadurch automatisch zum leichten Opfer.

«Ist nur einer», rief Beck. Aber niemand war wirklich begeistert, das zu hören. Micha schob sich langsam einige Zentimeter auf dem Bauch vor. Als er gerade den Schatten der Büsche, hinter denen sie in Deckung gesprungen waren, verließ, pfiffen einige Kugeln an ihm vorbei. Micha rollte sich schnell zurück.

«Bist du verletzt?» fragte Lothar besorgt. Immerhin hatte er schon die Hälfte seiner Männer verloren.

«Nein.»

«Beck, können Sie den Kerl sehen?»

«Ja, aber nicht treffen.»

«Wir machen es wie die Affen früher», schlug Jensen vor.

«Was?» fragte Lothar.

Statt einer Antwort nahm Jensen einen Stein auf, davon lagen hier weiß Gott genug rum, und schleuderte ihn wie eine Handgranate Richtung Gegner.

«Die ist beknackt», lachte Micha.

«Nein, ist sie nicht!» rief Lothar, der plötzlich verstanden hatte, wie die Sache laufen sollte. «Wirf!»

«Weiter links», wies Beck sie ein. Jensen schnappte sich ein Gewehr.

«Eeeh!» kam ein Aufschrei von vorn aus der Dunkelheit. Der Gegner feuerte wütend eine Salve in die Büsche.

«Noch weiter links. Etwa elf Uhr.»

Drei weitere Steine flogen durch die Dunkelheit. Ihr Gegner konnte die Steine nicht sehen. Also konnte er ihnen auch nicht ausweichen. Ein Aufschrei. Einer von ihnen hatte getroffen. Sie warfen die nächste Salve. Und noch eine. Jetzt hatten sie sich eingeworfen. Man hörte ein metallisches Geräusch. Einer von ihnen hatte wohl das Gewehr getroffen.

Plötzlich krachte ein Schuß.

«Hab ihn», stellte Jensen sachlich fest. Der Schütze hatte sich nur ein bißchen aus seiner Deckung bewegt, als ihn der Stein getroffen hatte. Das hatte Jensen genügt, um ihn zu erwischen.

Micha robbte auf Befehl von Lothar los. Kein Schuß fiel auf der anderen Seite. Eine Minute später gab Micha das Zeichen, daß alles okay war. Nun war der Weg zum Strand frei. Das Schnellboot lag vielleicht 300 Meter von ihrem eigenen Schlauchboot entfernt. Es handelte sich um ein Mark V der amerikanischen Navy.

«Seit wann haben wir so schicke Boote?» fragte Beck und half, die Tarnung zu entfernen.

«Das haben wir uns von den Amis in Neapel geliehen. Die werden ganz schön sauer sein, wenn wir das nicht zurückbringen.»

Beck grunzte. Alle mußten mit anfassen, um das Boot vom Strand abzustoßen. Am Horizont waren Sirenen zu hören. Auf dem Meer tanzten einige Blinklichter auf und ab.

«Malteser Küstenwache!» rief Beck.

Lothar winkte verächtlich ab und startete den Motor. «Mit unseren 50 Knoten holen die uns jetzt nicht mehr ein. Festhalten!»

Das Boot hob den Bug aus dem Wasser und ging ab wie eine Rakete. «He, ho!» Beck schrie verzückt auf und klammerte sich an der Reling fest.

«Da rüber», rief Beck. «Dahinten steht unser Wagen.»

Die Patrouillenboote der Küstenwache hatten sie anscheinend doch entdeckt. Eines der Boote drehte bei und scherte aus dem Verband aus, um ihnen zu folgen. Die anderen hielten weiterhin Kurs auf Comino. Dort hatte sich das Feuer inzwischen beruhigt, und die Insel war wieder vollständig in Dunkelheit getaucht. Doch unter der Erde brodelte der Feuersturm mit Sicherheit noch weiter.

Lothar hatte recht. Die Küstenwache holte sie nicht ein. Sie fielen langsam, aber sicher zurück.

«Wenn jetzt von Osten her nicht gerade ein Zerstörer auf uns zukommt, sind wir in Sicherheit.» Es war nicht zu überhören, daß Lothar kein Optimist war.

Vielleicht war diese Skepsis gerechtfertigt. Die Operation stand von vornherein unter keinem guten Stern. Dazu paßte auch, daß allmählich die Sonne aufging. Wenn tatsächlich in der nächsten Minute ein maltesischer Zerstörer um die Paradise Bay bog, wären sie hier draußen ein todsicheres Ziel.

Nördlich von Cirkewwa gingen sie an Land. Das Mark V ließen sie am Strand zurück, und nach knapp vier Minuten Fußmarsch standen sie wieder vor dem gelben 109er Landrover, den sie von Jacobis Jugendfreund geliehen hatten.

Der Flughafen war etwas über zwanzig Kilometer entfernt. Sie brauchten ganze 28 Minuten für diese Strecke. Aber dann standen sie wohlbehalten mit unermüdlich tuckerndem Diesel vor dem Maschendrahtzaun, der sie nun noch von ihrem Flugzeug trennte. Jacobi hatte sie bereits bemerkt und die Einstiegsluke geöffnet.

«'ne Starterlaubnis kriegen wir wohl nicht, oder?» fragte Beck rhetorisch.

Auf ein Nicken von Lothar hin trat Micha das Gaspedal des Landrovers voll durch. Der Motor krächzte auf, aber die Reifen drehten nicht durch, als der Wagen auf satte 30 Kilometer beschleunigte, bevor sie den Zaun erreichten. Den walzte das Arbeitspferd aber trotz der geringen Geschwindigkeit mit seinen fast 1,5 Tonnen und seiner Seilwinde auf der vorderen Stoßstange locker platt. Schließlich hatte dieses Fahrzeug bereits die halbe Sahara durchquert, da würde es wohl kaum vor einem einfachen Maschendraht kapitulieren. Der Landi hoppelte quer über die Landebahnen und kam eine Minute später schwerfällig neben der Cessna zum Stehen.

Jacobi stellte keine Fragen, ihm genügte das bestimmte Kopfnicken von Beck und das knappe «Alles klar, die gehören zu uns!» von Jensen.

«Schicker Vogel», freute sich Lothar und schwang sich gleich auf den Sitz des Copiloten.

«Hab 'ne Lizenz!» sagte er, als Beck ihn fragend ansah. «Oder fliegt sie?» Er zeigte auf Jensen. Beck schüttelte grinsend den Kopf und schnallte sich an. Diesmal zog sich Jensen in die Passagierkabine zurück. Beck war ganz froh, jemanden im Cockpit zu haben, der sich damit auskannte.

Als die Triebwerke der Citation erwachten, kam auch in den Tower auf der anderen Seite des Rollfeldes neues Leben.

«Juliett – Papa – Romeo – 1 – 3 – 4 – Tango. Stellen Sie unverzüglich die Triebwerke ab», kam es prompt aus dem Funkgerät. Aber Beck ließ die Maschine bereits anrollen.

«Hier Juliett – Papa – Romeo ... ach, leckt mich ... Tower, das ist negativ. Ohne laufende Triebwerke kann ich nicht starten», kürzte Beck seinen Erklärungsversuch ab.

Lothars Mundwinkel zogen sich bis hinauf zu seinen Ohren. Im Funkgerät entstand eine kurze Pause. Offenbar dachte man dort angestrengt nach.

«Juliett – Papa – Romeo. Sie haben keine Freigabe für Rollbahn. Wiederhole: Keine Freigabe für Rollbahn.»

Nun war es aber eine unbestreitbare Tatsache, daß Juliett – Papa – Romeo sich bereits auf der Rollbahn befand. Lothar übernahm den Funk, denn Beck mußte noch die Checkliste für den Start durchgehen.

«Juliett – Papa – Romeo!» Lothar machte die Stimme des Mannes im Tower exzellent nach. «Hier Tower, Freigabe für Start, auf …»

«Ruhe im Funk!» brüllte eine Stimme dazwischen. «Juliett – Papa! Was Sie da hören, ist nicht der Tower. Wiederhole: Das ist nicht der Tower!»

«Die Anrede fällt auch immer kürzer aus», bemerkte Lothar amüsiert und wiederholte einfach seine Startfreigabe. Im Tower entstand Chaos. Beck bestätigte die Startfreigabe, die Lothar ihm erteilt hatte.

«Negativ», schrie der Fluglotse quäkend aus dem Lautsprecher. «Absolut negativ. Hier spricht Ihr Tower. Bleiben Sie am Boden. Bleiben Sie unbedingt am Boden …!»

Der Kerl drehte völlig durch. Auf dem Flugplatz ertönte eine Alarmsirene. Weder Beck noch Lothar hatten Lust, das Spielchen mit dem Funk noch weiter zu treiben. Als die aufheulenden Triebwerke die hysterische Stimme im Funk noch immer nicht übertönten, drückte Lothar die Sprechtaste seines Funkgerätes und begann lautstark «Oh when the Saints …» zu singen. Beck stimmte mit heiserer Stimme ein und vervollständigte den Kanon. Dabei drückte er die beiden Gashebel weit nach vorn durch. Schon nach 900 Metern hob die Cessna ihre Nase, und Beck zog sie steil hoch.

«Hey, wir haben nicht genug Sprit!» stellte Lothar fest.

«Kein Wunder, die haben noch nicht aufgetankt. Aber bis Palermo kommen wir allemal», behauptete Beck zuversichtlich. Irgendwie entpuppte sich Lothar als echter Pessimist. Beck legte den Vogel um 30° quer und zog den Knüppel zu sich heran. Er flog eine wunderschöne Schleife an der aufgehenden Sonne vorbei und nahm Kurs auf Sizilien.

«Ich glaube nicht, daß wir bis Palermo kommen!»

Beck schüttelte den Kopf. Natürlich reichte der Sprit bis Palermo. Ein Pessimist, dieser Lothar. Ein echter Miesepeter. Mit

Glück kamen sie sogar bis nach Neapel. Lothar tippte mit dem Finger in die Luft und zeigte dabei aus dem Seitenfenster. Da unten lag der Flughafen von Luqa, wunderschön anzusehen in der frühen Morgensonne. Aber Beck sah jetzt auch, was Lothar eigentlich meinte. Da stiegen drei weitere Vögel auf.

«Was zum Teufel …»

«Die gesamte maltesische Luftwaffe!»

«Was sind das für Kisten? Ich kann es nicht erkennen …»

«Drei Gloster Meteor Mk 8. Wohl nicht schlau gemacht vor dem Trip, was?»

Beck ging nicht auf Lothars Besserwisserei ein. Schließlich waren es seine Leute gewesen, die den Alarm ausgelöst hatten. Beck hatte sich nichts vorzuwerfen.

«Wie schnell sind die Dinger?» fragte Beck gestreßt. Er konnte sie jetzt nur noch auf dem Radar verfolgen.

«950 Spitze. Vier 20-Millimeter-Bugkanonen, Originalbewaffnung. Gott sei Dank keine Raketen», dozierte Lothar. «Und was haben wir?»

Beck grinste Lothar mühsam an. «Einen verdammt genervten Piloten!»

«Oha.»

«Schnallt euch an dahinten. Es wird gleich etwas rütteln», rief Beck den Passagieren zu.

«Juliett – Papa – Romeo! Hier Tango – Lima – 4–4 – 1 – Führer. Drehen Sie bei. Und folgen Sie uns!»

«Noch so ein Überkorrekter», grunzte Beck. «Tango – Lima, du kannst mich mal!»

Eine Salve von 20-Millimeter-Geschossen jagte über die Cessna hinweg. Man konnte aus dem Cockpit heraus deutlich ihre Leuchtspur verfolgen.

«Eins zu null für die.»

Beck schnaubte wütend. «Zeigt mal, was ihr könnt, ihr malteser Falken!» brüllte Beck ins Mikro und ließ seine 560Xl scharf über die rechte Tragfläche absacken. Er machte eine Rolle und fing die Maschine sanft ab. Es waren nur noch drei Minuten Flugzeit bis in den italienischen Luftraum. So lange sollten sie sich diese veralteten Düsenvögel locker vom Hals halten können.

«Juliett – Papa – Romeo. Hier spricht Hotel – Hotel – eins – Lima. Versuchen Sie nicht, in den italienischen Luftraum einzudringen. Haben Sie mich verstanden? Wir haben Feuerbefehl!»

«Was ist das denn wieder für ein Witzbold?»

Die Antwort kam schneller als erwartet. So etwa mit Mach 1,5 zischte eine ganze Rotte italienischer F4 Phantom aus dem Nichts auf sie zu. Kurz vor ihnen teilte sich die Formation sternförmig auf. Sekunden später tauchte die Maschine des Rottenführers dicht neben der Cessna auf.

«Verdammt, warum lassen die uns nicht rein?»

«Die haben gute Beziehungen zu den Maltesern, und wir haben keinen Überflug beantragt.»

«Verdammt. Hotel – Hotel, hören Sie, wir haben nicht genug Treibstoff für irgendwelche Spielchen. Und hinter uns sind drei Verrückte, die uns vom Himmel holen wollen.»

«Juliett – Papa. Ich habe den Auftrag, Sie abzuschießen, wenn Sie den italienischen Luftraum verletzen. Hotel – Hotel – Ende.»

Der Rottenführer schaltete den Funk ab und den Nachbrenner ein. Er verschwand, wie er gekommen, im blauen Nichts des Horizonts. In etwa 30 Sekunden mußten sie italienischen Luftraum durchfliegen. Beck konnte in der Entfernung die drei Phantoms kreisen sehen. Die warteten da hinten nur auf ihn. Gegen die hatte er überhaupt keine Chance.

«Scheiße, verdammte …» Beck riß an dem Knüppel und drehte ab.

«Hab dich, Kumpel», hörte er im Funk. Waren ja schnell zu einem informellen Funkkontakt übergewechselt, die Falken.

«Denkste!» rief Beck. Er ließ die Maschine senkrecht steigen.

«Was hast du vor?»

«Wenn ich richtigliege, dann haben die eine höhere Überziehgeschwindigkeit als ich. Ich kann runter bis 150.»

Die Cessna zog, dicht gefolgt von den drei Glosters, senkrecht in den Himmel und wurde allmählich langsamer. Die Überziehwarnung ertönte. Ein monotones elektronisches Tröten mit dem Hinweis einer ebenso elektronischen wie öden Stimme: «Stall! Stall!» In diesem Moment schossen die drei Glosters auch schon an ihnen vorbei.

«Ha, ha!» brüllte Beck vor Freude ins Mikro. Viel Zeit zur Freude blieb nicht, denn er mußte schnellstens das Trudeln der Maschine abfangen. Die drei waren ebenfalls ins Trudeln geraten. Damit war Beck seine Gegner für kurze Zeit los.

«Was zum Teufel geht da oben vor!»

Das waren jetzt aber weder die Malteser noch die Italiener. Beck hatte die Maschine wieder unter Kontrolle. Die Italiener waren zwei Uhr vor ihm. Die Malteser irgendwo in der Sonne. Und von ganz woanders über ihnen senkte sich in diesem Moment eine amerikanische F14 Tomcat bis auf ihre Cockpithöhe ab.

«Was ist Ihr Problem Juliett – Papa – Romeo?»

«Ich habe drei verrückte Malteser am Arsch, kaum noch Sprit und die Italiener wollen mich nicht landen lassen, das ist mein Problem.»

«Laß mich mal», ging Lothar dazwischen. «Hier Bravo Führer. Operation Wolfsschanze. Informieren Sie General Bagger von der Nato, daß wir dringend Hilfe brauchen.»

«So kann man das auch sagen», grunzte Beck.

Der Pilot in der Tomcat schien unverzüglich auf einem anderen Kanal zu sprechen. Die Antwort kam aber prompt.

«Juliett – Papa. Bleiben Sie dicht bei meinem Flügelmann.»

Die F14 zog mit einer Rolle nach Backbord ab. Dafür erschien eine weitere Tomcat unmittelbar vor Beck und wackelte mit den Stummelflügeln.

«Hoffentlich wissen die, daß wir noch für sechs Minuten Sprit haben. Wenn der Zirkus hier noch länger dauert, dann erreichen wir kein Land mehr!»

Lothar betätigte sein Funkgerät. «An die Tomcat vor uns. Wir haben nur noch für sechs Minuten Sprit. Wir müssen landen.»

«Tomcat, verstanden. Folgen Sie mir.»

Die zweite F14 hatte sich hinter Beck in Position gebracht. Der Pilot warnte die ankommenden maltesischen Glostermaschinen und forderte sie auf abzudrehen. Beck war beruhigt. Gegen die Tomcats waren die fliegenden Oldtimer total machtlos. Das einzige, was ihm im Moment noch Sorgen machte, war das fast vollständige Fehlen von Treibstoff und Land.

Die Stimme des Tomcat-Führers wurde plötzlich energisch. Zwei der Glosters hatten wohl aus Vernunftgründen abgedreht. Aber die dritte hatte sich neben die Tomcat gesetzt und prompt das Feuer eröffnet. Der Pilot der Tomcat versuchte ihn abzudrängen. Aber der malteser Falke war hartnäckig und versuchte sich immer wieder in eine gute Schußposition zu bringen. Ein guter und mutiger, aber ganz sicher auch reichlich dummer Flieger.

«Juliett – Papa», rief der Tomcat-Pilot energisch. «Kann die Gloster nicht abdrängen, eröffne das Feuer. Schlage vor, Sie machen ihn blind.»

«Juliett – Papa, verstanden», sagte Beck.

«Was meint der?» wollte Lothar alarmiert wissen.

«Das heißt nur, daß sie uns keine Deckung geben können, also verstecken wir uns in der Sonne.»

Der Flügelmann war ruckartig nach unten abgetaucht. Beck ließ die Maschine drehen, bis sie unmittelbar auf die Sonne zuflogen. Wenn der Gegner das merkte, war er gezwungen, zu steigen oder zu sinken, um sein Ziel wieder sehen zu können.

Die Tomcats mußten sich jetzt schon hinter der Gloster befinden. Jeden Moment würde sie ihre Rakete abfeuern. Die Frage war, ob Beck nach oben oder unten ausweichen sollte? Wenn der Gloster-Pilot zu dicht bei ihnen war, würden sie bei der falschen Entscheidung womöglich etwas abbekommen. Beck sah auf den Höhenmesser. Um nach unten auszuweichen, waren sie viel zu tief. Das wußte der Gloster-Pilot sicherlich auch. Also war die Sache klar. Sie wichen nach unten aus. Die Tomcat lauerte darauf, daß Beck aus der Schußbahn flog.

«Festhalten!» rief Beck. Er legte die Maschine auf den Rükken und zog das Höhenruder, soweit es ging, nach hinten. Die Cessna schoß aus der Sonne heraus senkrecht auf das Meer zu. Das hatte den malteser Falken mit Sicherheit verwirrt. Sie hörten eine Explosion. Damit dürften die Fragen des maltesischen Piloten nach dem Sinn von Becks eigentlich idiotischer Entscheidung ein abruptes Ende gefunden haben.

Beck machte im Sturzflug eine halbe Rolle. Die Cessna gehorchte brav, aber träge, dann versuchte er, die Maschine möglichst noch über dem Meeresspiegel wieder hochzuziehen. Zentimeter für Zentimeter hob sich die Nase der Cessna. Das Meer wurde größer und größer. Es kam bedrohlich nahe. Damit wurde auch Lothar klar, wie unsinnig die Entscheidung, nach unten auszuweichen, gewesen war. Aber dann reagierten endlich die Höhenruder. Die Maschine flog eine elegante halbe Ellipse und lag wieder gerade. Beinahe hätten sie die Wellen unter ihnen mit der Hand anfassen können, so knapp war es gewesen.

«Scheiße! Scheiße!» schrie Beck. Er legte die Maschine sofort wieder quer und zog die engste Kurve, die er je in seinem Leben geflogen war. Unmittelbar vor der Cessna war eine Wand aus Stahl aus den blauen Tiefen des Mittelmeeres aufgetaucht. Eine Wand inmitten des Meeres, damit hatte er beim besten Willen nicht rechnen können. Es war viel zu spät, die Maschine wieder nach oben zu ziehen. Lothar hielt die Luft an. Die

Cessna rauschte nur wenige Meter an dem gigantischen Stahlklumpen vorbei.

«Sind Sie wahnsinnig?» Die Stimme im Funk hatten Sie vorhin schon einmal gehört. «Wenn Sie auch nur einen Kratzer in meinen Flugzeugträger machen, dann … Cornelli, bringen Sie diesen Spaßvogel runter, aber schnell!»

Die Tomcats flogen nun wieder neben der Cessna.

«Juliett – Papa», rief der Tomcat-Führer nach Beck. «Wieviel Sprit?»

Beck sah auf die Anzeige. «Zwei Minuten.»

«Okay», sagte die Seebärenstimme wieder im Funk. «Hier spricht der Captain Roulstone Commanding Officer der USS John C. Stennis. Sie haben die Erlaubnis zu landen. Aber ich warne Sie, bohren Sie mir kein Loch in den Rumpf! Wenn Sie nicht sicher landen können, wassern Sie von mir aus, oder springen Sie einfach ab oder sonstwas! Wir fischen Sie schon wieder raus.»

«Danke, Kapitän.»

«Das ist nicht dein Ernst. Können wir nicht woanders landen?»

«Wir erreichen nicht einmal mehr das Festland», stellte Beck klar. «Außerdem wollte ich das schon immer mal ausprobieren.» Beck ließ sich von dem amerikanischen Piloten in den Landeanflug einweisen.

«Keine Sorge!» beruhigte ihn der Tomcat-Führer, als Beck auf dem Gleitpfad war. «Wenn das erste Netz nicht hält, das dritte ganz sicher.»

Der Landing Signal Officer übernahm die Einweisung. Als Beck seinen wackeligen Anflug startete, begann der LSO mehrmals wie wild mit den Armen zu rudern. Offenbar sollte Beck den Anflug abbrechen. Aber für solche Sperenzien blieb kein Sprit mehr. Beck zielte auf die Fangnetze, die hinter dem LSO aus der Landebahn hochgeklappt worden waren.

«Wenn diese verdammte Landebahn mal stillhalten würde!» maulte Beck. Er war nicht daran gewöhnt, daß sich die Landebahn bewegte, als wollte sie sich ihm entziehen. Lothar sagte nichts mehr. Seit Beginn des Landeanfluges war es im Cockpit verdächtig still geworden.

Der Flugzeugträger war zum Greifen nah. Beck brauchte jeden Meter der Landefläche. Er versuchte, die Maschine gleich hinter der Kante des Flugdecks aufzusetzen. Die Maschine durfte keinesfalls bocken, sonst riskierten sie, über das Fangnetz zu springen. Als das Fahrwerk den Boden berührte, war die Landung so sanft, als ob sie in einem Tiegel mit Gleitcreme aufgesetzt hätten. Lothar blieb angespannt. Er betätigte fast im Moment des Aufsetzens die Bremse. Das brachte nur Zentimeter und war eigentlich riskant. Die Maschine hätte ausbrechen und sich überschlagen können.

Das erste Fangnetz hielt bereits, in das zweite Fangnetz rutschte die Cessna nur noch halb rein. Die Landung war absolut perfekt. Vor allem, wenn man bedachte, daß es das erste Mal war, daß Beck auf einem Schiff landete.

«Klasse gemacht!» lobte ihn Lothar erleichtert.

Beck löste seinen Gurt und sah nach den anderen Passagieren. Die saßen bleich und steif in ihren Sitzen und gaben keinen Mucks von sich.

«Tut mir leid, Jensen, daß vorne kein Platz mehr für dich war.»

Jensens Backen blähten sich plötzlich auf. Sie löste den Gurt. Sie stürmte zur Tür und riß sie auf.

«Ma'am, ich muß Sie bitten, nicht auf mein Flugdeck zu kotzen!» fuhr der Airboss sie an. Aber für solche Ermahnungen war Jensen nicht zugänglich.

«Ma'am bitte!» versuchte es der Airboss noch einmal, aber es war zu spät. Jensen wendete sich noch ab und übergab sich gleich unter der Tragfläche. «Oh, shit.»

Als Beck aus dem Flugzeug trat, hatte er irgendwie ein Blitzlichtgewitter erwartet, zumindest aber jubelnde Massen, die ihn zu dieser Meisterleistung beglückwünschten. Statt dessen stand nur ein genervter Airboss vor ihm, während der Rest der Decks-Crew geschäftig seinen üblichen Tätigkeiten nachging.

«Sir, bitte verlassen Sie umgehend die Maschine, damit die Crew sie von Deck schaffen kann.»

Vier Matrosen mit blauen Westen machten sich sofort an der Cessna zu schaffen.

«Und folgen Sie bitte dem Safety Officer Lieutenant Junior Grade Dave Patty. Das ist der Mann mit der weißen Weste, gleich da vorn.»

Nachdem Jensen die letzten Bröckchen von sich gegeben hatte, beeilten sich Beck und die anderen, um auf die andere Seite des Flugdecks zum Safety Officer zu gelangen. Es war ein höllischer Lärm hier oben. Beck hielt sich die Ohren zu, während er lief.

Lieutenant Junior Grade Dave Patty führte die Gruppe unter Deck in einen Aufenthaltsraum für Mannschaften. Eine Wache wurde vor der Tür postiert, und sie mußten hier warten, bis der Kapitän entschieden hatte, was mit ihnen geschehen würde.

NEUN

Schon rund um Holzhausen waren die Straßen völlig verstopft. Wagen mit Kennzeichen aus ganz Deutschland und darüber hinaus schlängelten sich die Landstraße entlang zu den Externsteinen. Klinger steuerte die MÜCKE an dem überquellenden Parkplatz vorbei.

«Was wollen diese ganzen Leute hier?» fragte Klinger seine Beifahrerin.

«Ach, vergiß die, das sind jede Menge Spinner. Von Esoterikern und durchgeknallten Altgermanen, die sich hier voll Met laufen lassen, bis hin zu allen möglichen rechtsradikalen Gruppierungen. Die tauchen hier jedes Jahr zu den Sonnenwendfeiern auf.»

«Gut für uns», stellte Klinger fest. «In diesem Gewühl fallen wir kaum auf.»

«Und gut für Liebesfeld. Wir werden es nicht leicht haben, ihn zu finden.»

Klinger seufzte. Damit hatte sie nun auch wieder recht. Er fuhr an den Externsteinen vorbei weiter zum Bärenstein. Den Wagen parkte er in einem kleinen Stichweg. Von hier aus konnten sie mit Ferngläsern die Wiese vor den Externsteinen überwachen. Gut 500 Meter südöstlich von ihnen tummelten sich düstere Gestalten in Bärenfellen und mit Hörnern auf den Helmen um diverse Feuerstellen. Dazwischen Uniformierte der NSDAP-AO, der Jungen Nationaldemokraten und Vertreter der Germanischen Glaubensgemeinschaft. Natürlich durften auch einige rotgefärbte Hexen nicht fehlen.

«Daß die sich alle vertragen!» staunte Klinger.

Martina zuckte mit den Schultern. «Ist halt tief drinnen ein gemeinschaftlicher Ansatz da. Und für die paar Stunden ... Achte auf besonders große blonde Jungs! Die sollten uns eigentlich auffallen.»

«Viel Zeit bleibt nicht», brummte Klinger. «Es wird bald dunkel!»

Klingers Handy gab eine elektronische Version von «Hänschen klein» zum besten.

«Klinger!» Es war Jacobi. Endlich. Klinger hatte sich schon Sorgen gemacht. Wo blieben die so lange, und warum hatten sie nicht mal bemerkt, daß Klinger gefangengenommen worden war? «Auf einem Flugzeugträger! Im Mittelmeer! Verstehe», sagte Klinger. Jacobi teilte Klinger in aller Kürze mit, was sie in Erfahrung gebracht hatten. Klinger wiederum erklärte ihm, wo er sich befand. Jacobi war zufrieden. Er wollte, daß Klinger die Viren unter allen Umständen in seinen Besitz brachte. Er selbst und die anderen würden versuchen, ihm so schnell wie möglich zu Hilfe zu kommen. Aber wenn sie nicht rechtzeitig einträfen, sollte Klinger alles daransetzen, diesen Liebesfeld aufzuhalten. Na, das wäre Klinger auch so klar gewesen. Er war froh, daß er wenigstens Unterstützung durch Martina hatte.

Jacobi fragte ihn, ob er sich da auch ganz sicher auf Martina verlassen könnte. Klinger bejahte ohne zu zögern. Nachdenklich legte er auf. Ganz sicher konnte man in diesen Dingen natürlich nie sein. Wenn Martina nun doch die Seiten gewechselt hatte und ihn hier in eine Falle lockte? Oder auf eine falsche Spur brachte? Aber schließlich hatte sie ihn befreit und die Wachen im Haus getötet. Also war Klinger zuversichtlich, daß Martina schon auf der richtigen Seite stehen würde.

Lieutenant Junior Grade Dave Patty betrat in Begleitung von Captain Roulstone, dem Kommandanten der USS John C. Stennis, den Aufenthaltsraum, in dem die Notgelandeten vorläufig festgehalten wurden. Captain Roulstone war ein weißhaariger, überaus korrekt gekleideter Mann mit stahlblauen, alles durchdringenden Augen. Ein Amerikaner in den Mittfünfzigern, wie aus dem Bilderbuch entsprungen. Er begrüßte jeden einzeln mit einem militärisch zackigen Gruß. Die ausgestreckten Hände ignorierte er traditionsbewußt. Dann erklärte er kurz seine prekäre Lage. Jacobi und sein Team hatten sich einen denkbar ungünstigen Zeitpunkt für eine Besichtigung dieses Flugzeugträgers ausgesucht. Die USS John C. Stennis befand sich auf Kurs ins Adriatische Mittelmeer, von wo aus Luftoperationen gegen Bosnien geplant waren. Kurz, die USS John C. Stennis befand sich derzeit in einem Kampfeinsatz.

«Daher haben Sie sicherlich Verständnis dafür, daß ich mich weder persönlich um Sie kümmern kann noch daß ich Ihnen erlauben kann, während eines Kampfeinsatzes auf meinem Flugzeugträger herumzuspazieren», erklärte Captain Roulstone knapp mit einer entschuldigenden Geste der Arme. «Ich werde Sie, sobald es die Lage zuläßt, in einem italienischen Hafen absetzen und Ihr ...» Roulstone stockte einen Moment«. »... Flugzeug von Bord schaffen lassen.» Damit war die Angelegenheit für ihn erledigt. Er hatte gesagt, was seiner Meinung nach nötig war. Roulstone legte die Hand zum Gruß an die Mütze und drehte sich um. Er wollte gehen.

«Captain!» rief Jacobi.

Roulstone drehte sich wieder um und starrte Jacobi an, als ob der ihn gerade aufs gröbste beleidigt hatte.

«Sir!» fügte Jacobi schnell hinzu, dem offenbar gleich klargeworden war, daß man mit Roulstone nicht so sprechen konnte wie mit einem gewöhnlichen Matrosen.

«Ja, Mister ...»

«Jacobi», soufflierte ihm Lieutenant Patty schnell.

« ... Jacobi, was kann ich sonst noch für Sie tun?»

«Entschuldigen Sie, Sir, aber es ist von immenser Bedeutung, daß wir so schnell wie möglich Ihren Flugzeugträger wieder verlassen. Wir haben einen Auftrag, und der ist wahrscheinlich weit wichtiger, als ein paar veraltete serbische Stellungen zu beschießen.»

Jacobi neigte nicht nur dazu, die Dinge manchmal zu dramatisieren. Er neigte vor allem auch dazu, dies im völlig falschen Moment zu tun.

«Mister! Welchen Auftrag Sie auch immer zu haben glauben, das interessiert mich nicht im mindesten. Und was wichtig ist und was nicht, das entscheidet einzig der Generalstab. Meine Weisung lautet, einen Luftschlag vorzubereiten, und solange sich diese Weisung nicht ändert, werden weder Sie noch sonst irgend jemand auf dieser Welt mich davon abbringen, diesen Auftrag auszuführen.»

«Bei allem Respekt, äh ... Sir», warf Jacobi ein. «Vielleicht ist Ihr Generalstab nicht ganz auf dem laufenden. Wenn wir diesen Flugzeugträger nicht bald wieder verlassen können, ist es womöglich nicht mehr nötig, die Serben zu bombardieren, weil es die dann nämlich nicht mehr gibt. Und natürlich auch niemanden mehr, der sie bombardieren will!» rief Jacobi erregt.

«Hört sich an, als wollten Sie die Welt retten.»

«So kann man es sagen.»

«Vielleicht hätten Sie dann damit anfangen sollen, Ihr Flugzeug aufzutanken, dann wäre das alles nämlich ...!»

«Captain, Sir!» mischte sich nun Lothar ein. «Fürs erste wäre uns ja schon damit geholfen, wenn wir Kontakt zu General Bagger aufnehmen könnten, um ihm Bericht zu erstatten.»

Roulstone dachte einen kurzen Augenblick lang nach und beruhigte sich schlagartig. «Da sehe ich kein Problem. Folgen Sie dem Safety Officer in den Funkraum. Er wird dafür sorgen, daß man eine Verbindung für Sie herstellt.»

Lieutenant Patty nahm Haltung an und rief: «Ja, Sir.»

Roulstone nickte zufrieden. «Wenn das alles wäre? Ich habe noch einen Krieg zu führen!»

Lothar machte Jacobi ein Zeichen, daß er sich da um Gottes willen raushalten sollte, und bedankte sich schnell.

«Dann viel Glück!» sagte Captain Roulstone und grüßte noch einmal.

Jacobi war wütend. Er haßte arrogante Befehlsempfänger, die niemals ihr Gehirn einschalteten, um gegebenenfalls selber zu denken.

Beck versuchte Jacobi zu beruhigen. Er war ganz sicher, daß Lothar dafür sorgen würde, daß sie hier so schnell wie möglich verschwinden konnten. Jacobi fluchte. Jede Minute zählte. Wenn sie nun zu spät kamen und Liebesfeld die Viren schon freigesetzt hätte, dann ...

Mehrere Stunden hatten Klinger und Martina nun schon auf der Lauer gelegen. Aber von diesen Thule-Riesen war nichts zu sehen gewesen.

«Allmählich wird es zu dunkel für die Ferngläser», sagte Klinger. Sie hatten zwar Nachtsichtgeräte dabei, aber die Lagerfeuer, von denen unten auf der Wiese vor den Externsteinen immer mehr entzündet worden waren, beeinträchtigten deren Funktion doch erheblich.

«Es hilft nichts», meinte Martina. «Wir müssen da runter und uns unters Volk mischen.»

Klinger nickte. Eine andere Möglichkeit sah er im Moment auch nicht. Er kletterte zurück in die MÜCKE und wärmte sich noch ein wenig auf. Dann suchte er nach seiner 45er und bereitete sich darauf vor, die nächsten Stunden in der klirrenden Dezemberkälte herumzulaufen.

«Alles klar?» fragte Martina.

«Alles klar.» Klinger folgte Martina. Man merkte ihr deutlich an, daß sie im Außendienst tätig war. Wo sie einen kurzen, lautlosen Schritt zur Seite machte, schlugen Klinger eine Sekunde später kahle, rauhe Zweige ins Gesicht. 500 Meter zu Fuß durch dieses kleine Wäldchen waren beinahe zuviel des Guten für Klinger. Er fluchte leise vor sich hin.

Nach ein paar Minuten näherten sie sich den Stimmen und Gesängen vor ihnen. Klinger war froh, als er das letzte Gebüsch hinter sich gelassen hatte und endlich auf der freien Wiese stand. Martina nickte ihm zu. Sie teilten sich auf. Klinger arbeitete sich zum Parkplatz vor. Es war recht unheimlich hier. Eine Hexe tauchte aus dem Nichts vor ihm auf und bestreute ihn mit irgendwelchen Kräutern, dann nuschelte sie etwas und tanzte dreimal um ihn herum. Klinger versuchte ihr auszuweichen. Nach der dritten Umrundung blieb sie genau vor ihm stehen und sah ihn voller Erwartung an. Klinger hatte keine Ahnung, was sie jetzt von ihm erwartete.

«Folge mir nun, Geliebter!» befahl sie.

Klinger schüttelte den Kopf. Anscheinend hatte sie irgendeinen Liebeszauber an ihm ausprobiert. Gott sei Dank wirkte er nicht. Klinger dachte gar nicht daran, ihr zu folgen, und wandte sich lieber nach rechts, um in die andere Richtung zu verschwinden. Deprimiert sah ihm das Hexenweib nach. War wohl besser, erst einmal das Besenreiten zu üben, bevor man sich an die Kapitel für Fortgeschrittene wagte. Nach einigen Metern sah Klinger sich um. Die Hexe war wieder in einem Pulk anderer Spinner untergetaucht. Es schepperte metallisch. Klinger blieb gezwungenermaßen stehen. Er war gegen ein riesiges Rindvieh gelaufen, das sich vor ihm gegen den Nachthimmel abzeichnete. Nein, das war kein richtiger Stier. Es war nur einer dieser Pseudogermanen, der dabei war, sein Wasser an einem blauen Toyota abzuschlagen. Wahrscheinlich eine rituelle Handlung, bei der Klinger störte.

Klinger murmelte «Entschuldigung» und suchte weiter den Parkplatz ab. Das schien ihm nach kurzer Zeit völlig sinnlos. Er würde Liebesfeld nicht einmal erkennen, wenn der zehn Meter vor ihm stand.

Frustriert machte er kehrt. Hoffentlich fand er wenigstens Martina wieder. Sonst wäre er wirklich aufgeschmissen. Das war eine blöde Idee gewesen, sich in diesem Chaos zu trennen.

Lothar brachte gute Neuigkeiten mit. General Bagger hatte ihm seine volle Unterstützung zugesichert. Sie konnten jeden Moment mit einer Nachricht von Captain Roulstone rechnen, der bestimmt schon fieberhaft nach einer Möglichkeit suchte, die ungeliebten Gäste von Bord zu schaffen.

Die Nachricht kam prompt. Lieutenant Patty überbrachte sie. Wahrscheinlich kochte Roulstone dermaßen vor Wut, daß er keine Lust hatte, ihnen die Starterlaubnis persönlich zu erteilen.

«Starterlaubnis?» fragte Beck alarmiert. Auf einem Flugzeugträger zu landen war schon ein Wagnis erster Güte. Aber er konnte doch unmöglich mit seinem Vogel von hier starten!

«Die Katapult-Crew ist bereits bei den Vorbereitungen. Wenn Sie mir bitte folgen wollen. Der Captain wünscht, Sie so schnell wie irgend möglich von Bord zu haben.»

Zu allem Überfluß mußte Captain Roulstone ihnen auch noch zwei seiner Maschinen als Begleitschutz mit auf den Weg geben, da die Italiener sich immer noch weigerten, ihnen eine Überflugerlaubnis zu erteilen. Und ohne Schutz über den Balkan auszuweichen, das kam für General Bagger überhaupt nicht in Frage. Schließlich flogen sie an der bosnischen Grenze entlang über Kroatien und Slowenien.

Beck hörte sich all das fassungslos an, während er hinter den anderen her zum Flugdeck marschierte. Es war nun wirklich nicht seine Art, Angst zu haben. Aber ein Katapultstart von einem Flugzeugträger? Das verursachte ihm Magenschmerzen. Glücklicherweise schien keiner der anderen zu ahnen, was da auf sie zukam. Denn selbst Jensen blieb erstaunlich gelassen.

Sie warteten am Rande des Flugdecks, bis zwei Tomcats mit ohrenbetäubendem Lärm an ihnen vorbei in den Himmel entschwunden waren. Dann liefen sie zu ihrer Maschine hinüber. Die Katapult-Crew in ihren grünen Westen fummelte immer noch an dem Bugrad der Cessna herum. Das Katapult würde sie in Sekundenbruchteilen auf rund 250 Kilometer pro Stunde beschleunigen, und dann käme schlagartig das Nichts. Genaugenommen das Nichts mit jeder Menge Wasser darunter. Beck schluckte. Der Airboss wies ihn mit wenigen Sätzen in die Technik des Katapultstarts ein. Beck nickte. Er hatte verstanden, aber er konnte nicht glauben, daß er es war, der das gleich tun sollte.

Der Tower drängte zur Eile. Jacobi und die anderen Passagiere nahmen Platz und legten hastig die Gurte an. Die hatten einfach überhaupt keine Ahnung, was auf sie zukam. Beck reichte Jensen vorsorglich noch eine Plastiktüte, bevor er sich ins Cockpit verzog.

«Mach nicht wieder solche Kunststückchen, Beck! Hörst du?» rief sie ihm nach.

Im Cockpit war Lothar bereits mit der Checkliste im Gange. Beck setzte sich und ließ die Triebwerke anlaufen. Dann kam die Order vom Tower. Vollgas. Beck drückte die Hebel nach vorn und preßte sich in den Sitz. Lothar schien auch so langsam zu ahnen, was da gleich kommen würde. Die Maschine vibrierte unter der Last der Triebwerke.

Beck war es nicht, der das Katapult auslösen würde. Auch er würde davon völlig überrascht werden.

«Leg endlich den Gang ein», scherzte Jensen und übertönte nur undeutlich die heulenden Motoren.

Das tat in diesem Moment jemand anders für Beck. Alle im Flugzeug wurden hart in die Sitze gepreßt. Beck spürte die rasante Beschleunigung in seinem Gesicht. Er zog eine unfreiwillige Grimasse. Die Cessna machte einen Satz nach vorn und war nach den wenigen Metern Anlauf auf dem sicheren Flugdeck in der Luft. Beck merkte gar nicht, daß er die ganze Zeit über einen langgezogenen Schrei ausgestoßen hatte. Das war schlimmer als jede Achterbahnfahrt. Der Vogel sackte ab. Beck hatte das Gefühl, die Cessna würde gleich am Ende der Startbahn wie ein Sack Zement ins Wasser plumpsen. Aber die Citation fing sich wieder. Mit einem leichten Zittern in den Händen zog Beck sanft am Höhenruder. Ganz allmählich hob sich die Nase, und die Wassermassen unter ihnen verschwanden. Es war nicht nur Beck, der die angehaltene Luft ausstieß, das ganze Flugzeug schien befreit durchzuatmen. Jensen erleichterte sich außerdem hörbar auf ihre ganz eigene Art.

«Juliett – Papa – Romeo», kam es aus dem Funkgerät. «Glückwunsch! Folgen Sie uns jetzt Richtung 0–1–0. Ende.»

Von rechts stießen die zwei Tomcats zu ihnen, und Beck legte den entsprechenden Kurs an.

«Wohin fliegen wir eigentlich?» fragte Beck, als er alles wieder unter Kontrolle zu haben schien.

Jacobi hatte seinen Platz verlassen. Er war hinter die Pilotensitze getreten. «Wir müssen möglichst dicht an die Externsteine kommen. Das ist im Teutoburger Wald.»

Lothar fischte sich eine Karte aus der Seitenablage und schlug sie auf.

«Bielefeld oder Paderborn!» bot er nach kurzem Suchen an.

«Bielefeld ist zu klein. Da können wir nicht landen!» stellte Beck fest.

«Bleibt eigentlich nur Paderborn-Lippstadt, das ist 35 Kilometer von diesen Externsteinen entfernt. Die Landebahn ist in jedem Fall lang genug.»

«Wenn sie sich nicht bewegt, bin ich ja schon zufrieden», grunzte Beck.

«Einverstanden. Die sollen uns einen Wagen bereitstellen», entschied Jacobi.

Lothar nickte. So etwas war eindeutig Aufgabe des Copiloten.

«Und verbinden Sie mich bitte mit Ihrem Vorgesetzten», fügte Jacobi hinzu. «Nach der Landung möchte ich mich umgehend mit einigen Entscheidungsträgern zusammensetzen, um die brisante Lage zu erörtern. Beck und Jensen, ihr macht euch dann sofort auf die Suche nach Klinger ... »

ZEHN

Durch den Widerschein der vielen Lagerfeuer wirkten die Felsen beinahe lebendig. Schatten tanzten über den Sandsteinformationen wie über eine Leinwand. Klinger umrundete den kleinen See hinter der Felsgruppe. In der Dunkelheit sah es so aus, als ob er von einer dünnen Eisschicht bedeckt war. Keine Spur von Martina. Hoffentlich war sie nicht hoch auf die Steine geklettert. Dort führten Stufen hinauf, und selbst bei der schwachen Beleuchtung konnte Klinger die schmale Brücke erkennen, die zwei der eindrucksvollsten Felsen miteinander verband. Klinger suchte nach dem Aufgang.

«Heute kein Zutritt!» wies ihn eine Stimme an, als er endlich den Zugang zu der Treppe entdeckt hatte.

In dem Halbdunkel erkannte er nur drei Männer in Uniform, die sich vor ihm aufgebaut hatten. Die Trachten sahen verdächtig nach Braunhemden aus, aber es konnten auch Polizisten sein. Was wußte Klinger, was die hier so trugen?

«Hören Sie! Ich bin kein Tourist und auch keiner dieser esoterischen Spinner, ich bin auf Suche nach einem ...» Klinger wollte gerade Nazisektenführer sagen. Das hielt er aber zurück.

«Wonach suchen Sie?» Aus den drei Braunhemden waren schnell fünf geworden, und Klinger war sicher, die würden sich so rasend schnell wie Karnickel vermehren, wenn er hier Ärger machte.

«... nach einem Armanenpriester», wich Klinger schnell aus. Tatsächlich waren noch drei weitere Braunhemden aus den Büschen gekrochen. Klinger konnte die Uniformen einen kurzen Moment lang erkennen, als ihn einer mit der Taschenlampe zu blenden versuchte. Klinger hielt sich die Hand vor die Augen.

«Was will die linke Zecke?» fragte einer von denen, die zuletzt hinzugetreten waren. Offenbar der Anführer.

«Einen Armanenpriester sprechen», machte sich der mit der Taschenlampe lustig.

«Hey», rief der Anführer energisch. «Geh zurück zu den anderen Spinnern! Hüpft ein bißchen ums Feuer und macht da euern heidnischen Zirkus. Aber hier habt ihr nichts zu suchen, klar?»

«Schon gut, schon gut», wiegelte Klinger ab. Das waren zu viele, um sich mit ihnen anzulegen. Wahrscheinlich waren sie sogar bewaffnet. Allein hatte er keine Chance.

«Wird's bald! Oder muß ich dir Beine machen», drohte der Anführer, und einige seiner Spießgesellen schwangen motiviert ihre Baseballschläger. «Genießt es, solange ihr noch könnt. Wenn wir erst mal am Drücker sind, dann ist wieder Schluß mit diesem ganzen Hexenkram.»

Klinger wich langsam zurück und tauchte in der Dunkelheit der Wiese unter. Er sah hoch zu den Felskuppen.

«Die sind da oben, das spüre ich!» rief eine Stimme neben ihm.

«Gott sei Dank, Martina. Ich dachte schon, ich finde dich nicht wieder», sagte Klinger erleichtert.

«Die Treppe scheidet aus», stellte Martina fest, ohne auf seine Sorgen einzugehen. «Ich habe fast zwanzig Wachen gezählt. Kannst du klettern?»

«Aber nicht da hoch?!» Die Felsen ragten dreißig und mehr Meter hinauf.

«Nicht auf den ganz hohen. Siehst du den rechts daneben?»

«Das sind auch dreißig Meter.»

«Aber siehst du den schwachen Schimmer dort oben?»

Klinger starrte angestrengt hinauf. Dort war ein Glimmen, wie von einer Zigarette. «Das ist eine Zigarette.»

«Kann schon sein. Aber ich denke mal, dort hocken unsere Thule-Brüder genüßlich im Kreis und bereiten ihre Show vor.»

«O nein!» seufzte Klinger. «Nicht dreißig Meter free climbing bei Dunkelheit.»

«Stell dich nicht so an!» maulte Martina und zog ihn mit sich.

Sie fanden eine einigermaßen passable Stelle an dem Ufer des kleinen Sees. Martina zögerte nicht lange und begann mit dem Anstieg. Klingers Finger suchten nach Halt. Die Verwitterungen in den Steinen hatten zum Teil tiefe Furchen hinterlassen. Für einen erfahrenen Free-climber ein Klacks. Die ersten zehn Meter machten auch keinerlei Schwierigkeiten. Aber dann wurden Klinger die Hände kalt. Der Stein war auch nicht gerade warm. Aber dafür hatte er messerscharfe Rillen. Bei diesen Temperaturen wurde die Haut hart und rissig. Bei der geringsten Berührung mit den Felskanten platzte sie auf. Klinger fühlte unzählige kleine Abschürfungen und blutige Kratzer an seinen Fingern. Er beschloß, sich zu beeilen, bevor seine Hände so kalt und steif wurden, daß sie womöglich den Halt verloren.

Nach weiteren acht Metern schob er sich bereits an Martina vorbei. Anscheinend hatte sie ihre Kletterkünste ein wenig überschätzt. Sie atmete keuchend und schien nicht weiterzukommen.

«Greif hier hinein», wies Klinger sie flüsternd an und zeigte auf eine Felsspalte, eine halbe Armeslänge über ihrem Kopf.

«Scheißkram! Ich kann mich nicht daran festhalten.»

Das war auch nicht ganz leicht. Je höher sie kamen, desto mehr hatte der eisige Wind das Wasser in den Felsrillen gefrieren lassen. Klinger tastete die Spalte ab. Eine hauchdünne Eisschicht war darauf und bot keinen rechten Halt.

«Das war eine dumme Idee», gab Martina zu, als Klinger sie zu sich herübergezogen hatte.

«Jetzt da oben!» Klinger unterstützte sie, indem er ihren Hintern mit einer Hand hochdrückte. Lange würde er das aber auch nicht durchhalten. Seine Hände waren schon fast taub.

Es fehlten vielleicht noch sieben Meter. Klinger sah hinauf zur Felskante. Helle Nachtwolken zogen mit hoher Geschwindigkeit darüber hinweg. Der Wind nahm noch zu. Vor ihnen lag ein nacktes Stück Fels. Keine Spalte, nicht einmal eine Rille, war zu sehen.

«Wir müssen umkehren», sagte Martina frustriert und vor Kälte zitternd.

«Warte noch!»

«Wozu? Das schaffe ich nie im Leben! Laß uns runtergehen und uns den Weg über die Treppen freischießen.»

«Nein.»

Klinger tastete sich an dem Fels weiter nach rechts vor. Er bewegte sich waagerecht etwa drei Meter und suchte nach einer Stelle, wo es leichter wäre hinaufzuklettern. Derweil klammerte sich Martina an den Felsen und wartete ungeduldig.

«Laß doch! Wir gehen runter.»

«Nein.» Klinger hatte etwas gefunden. Seine Hand umschloß eine Art Steigbügel. Er zog sich näher heran. Es war ein Steigbügel! Und da war noch einer. Als Klinger sicheren Halt gefunden hatte, sah er eine ganze Menge von Steigbügeln. Angeordnet wie eine Leiter. Sie waren gleichmäßig verteilt von ganz unten bis nach oben. Sie hätten nur zwei Meter in den See hineinstapfen müssen, dann hätten sie die geheime Leiter gefunden und wären in Null Komma nichts hier oben gewesen. Klinger lachte verzweifelt auf.

«Komm hier rüber. Hier ist es ganz einfach.»

Martina schien der Mut verlassen zu haben. Aber Klinger winkte energisch. Als sie bei ihm angekommen war und die Steigeisen entdeckte, grunzte sie genervt.

«Die konntest du nicht früher finden?»

«Du hast doch die Stelle für den Aufstieg ausgewählt, meine Liebe.»

Kommentarlos kletterte Martina die letzten Stufen hinauf. Vorsichtig lugte sie über die Felskante. Niemand war in der Nähe. Offenbar rechnete Liebesfeld nicht mit unerwartetem Besuch. Martina schob sich auf dem Bauch weiter, bis sie in einer kleinen Mulde geschützt auf dem Felsen lag.

«Wir sind auf dem falschen Felsen», knurrte Klinger verärgert, als er neben Martina gerobbt war.

«Aber wir haben sie!»

Da war was dran. Vor ihnen auf dem Nachbarfelsen wurde

gerade ein kleineres Feuer entzündet. Man konnte Liebesfelds Stimme bis zu ihnen herüber hören.

«Macht euch bereit!» befahl Liebesfeld lautstark. Mit ihm standen sieben weitere Personen auf dem Felsen. Vier von ihnen schritten auf das Feuer zu und ließen ihre Kutten fallen. Klinger traute seinen Augen nicht. Das waren Frauen. Vier Frauen. Nackt! Bei diesen Temperaturen! Angestrahlt von dem Schein der Flammen. Sie waren groß. Sehr groß. Über zwei Meter bestimmt. Liebesfeld wirkte dagegen wie ein Zwerg. Die vier Frauen stellten sich an dem Feuer in einer Reihe auf. Einer der Männer kümmerte sich um das Brennholz, der andere hielt einen Stab in der Hand. Liebesfeld fummelte an der Spitze des Stabes herum, dann nahm er ihn an sich. Er baute sich vor den vier Frauen auf und begann eine Art Singsang:

«Sowilo! Ein elftes kann ich,
wenn alte Freunde
ins Gefecht ich führen soll;
in die Schilde raun ich,
und ruhmvoll ziehn sie
heil zum Handgemenge,
heil vom Handgemenge,
kehren heil wieder heim.»

Danach stieß er mit der Lanze zu. Die Frau zuckte nur eine Handbreit zurück, als die Spitze sie unterhalb des letzten Rippenbogens in die rechte Seite traf. Tief war der Speer wohl nicht eingedrungen. Aber die Frau blutete aus einer deutlich sichtbaren Wunde.

«Spinnen die? Ich dachte, die wollten eine Ladung mit Viren freisetzen, was tun die denn da? Stechen die sich jetzt gegenseitig ab?»

«Er hat sie ja nur angeritzt», sagte Martina. «Und wenn du mal genau hinsiehst: Liebesfeld hat da so etwas wie ein Einwegglas, wo er die Speerspitze eingetaucht hat.»

«Du meinst, da sind die Viren drin?»

«Ich denke, es ist eine Blutplasma-Konserve, die mit den Lassa-Viren versetzt wurde.»

Klinger beobachtete, wie Liebesfeld das Ritual an der zweiten Frau vollzog. «Die sind blond», stellte Klinger fest. «Der will die nicht abstechen, der will auch nicht die Viren hier irgendwo freisetzen.»

«Was meinst du?»

«Wenn er die Viren irgendwo freisetzen würde, selbst auf einem belebten Flughafen, dann könnten wir es immer noch schaffen, die Ausbreitung zu verhindern, indem wir alle potentiell Infizierten isolieren», überlegte Klinger.

«Was hat er dann vor?»

«Ist doch ganz einfach. Er infiziert die vier Frauen. Die tragen die Viren dann in ihrem Körper wie apokalyptische Reiter in die ganze Welt», erklärte Klinger. «Wo auch immer sie hinkommen, infizieren sie Hunderte von Menschen. Bis die dann erkranken, sind die Frauen längst wieder untergetaucht. Und das allergenialste daran ist, daß die Trägerinnen ja nicht erkranken. Also wird sie auch niemand als Träger des Virus identifizieren.»

«Du meinst, die Frauen sind dann so eine Art mobiler Virenwerfer?»

«Exakt. Eine todsichere Methode, die halbe Menschheit auszurotten.»

«Klasse! Und was machen wir jetzt?»

«Die Frauen und das Serum dürfen den Felsen nicht verlassen, soviel ist erst einmal klar.»

Liebesfeld hatte unterdessen seinen Speer erneut in das Serum getunkt und bereitete sich auf die Infizierung der vierten Frau vor. Danach begann er wieder, mit laut erhobener Stimme eine seiner Litaneien vorzutragen.

«Aus dem Meer wird sich eine neue Erde erheben, grün und

wunderbar. Fruchtbar wie ein Traum. Mit Feldern, die ungesät Früchte tragen. Mit Fisch und Wild im Überfluß. Niemand soll mehr hungern. Denn siehe! Die Sonne hat eine Tochter geboren. Alles Übel hat ein Ende genommen! Die Erde ist reingewaschen. Ein neues Leben kann beginnen! Asgard ist verschwunden. Die alte Götterburg ist dem Erdboden gleichgemacht.»

Die vier Frauen hoben die Kutten vom Boden auf und zogen sie sich wieder über. Dann nahmen sie eine nach der anderen einen Hartschalenkoffer von Liebesfeld in Empfang.

«Und so gehet hin. Auf daß die Saat des Verderbens in euch keimet und furchtbare Früchte trägt. Mit euren flammenden Schwertern sollt ihr durch die Lüfte reiten und all unseren Feinden den Kuß des Todes darbringen.»

Martina sah Klinger verunsichert an. «Klinger, wenn wir die aufhalten wollen, wäre jetzt vielleicht der geeignete Zeitpunkt.»

Klinger robbte auf dem Bauch weiter vor, bis er an den Rand des Felsens kam. Zwischen ihrem und dem anderen Felsen war eine Schlucht, vielleicht zwei Meter fünfzig breit.

«Okay!» sagte Klinger und stand auf. Heldentaten waren nicht wirklich seine Sache, aber wenn es nun mal sein mußte. Er machte rasch ein paar Schritte zurück, um Anlauf zu nehmen. Martina verstand schon, was er vorhatte. Das war natürlich Wahnsinn, aber ... Sie stand eine Sekunde später neben ihm. «Du weißt, daß das eine ganz und gar beschissene Idee ist, ja?»

Klinger zog den Schlitten seiner treuen 45er zurück und entsicherte sie mit dem Daumen. Martina nahm ihre beiden vernickelten 38er Spezial-Trommelrevolver in die Hände. Wenn der Sprung nicht bis auf den anderen Felsen reichte, blieb eh keine Zeit, sich irgendwo festzuklammern, denn dann würden Liebesfelds Bodyguards sie ohne jede Frage fertigmachen.

«Bereit?»

Martina nickte.

Die beiden nahmen in der Dunkelheit Anlauf. Der Absprung gelang sauber. In der Luft hatte Klinger den Eindruck, er würde wie ein Adler mit vorgestreckten Klauen aus der totalen Finsternis heraus auf leichte Beute fliegen. Während des Fluges legte er bereits die Waffe an. Martina und er hatten den Vorteil der Überraschung auf ihrer Seite.

Liebesfelds Bodyguards waren wirklich auf Zack. Die erste Kugel pfiff bereits an Klinger vorbei, noch bevor er einen Fuß auf den Felsen aufgesetzt hatte. Klinger hatte sich einen Moment nicht entscheiden können, auf wen er zuerst schießen sollte. Das war verhängnisvoll. Die Bodyguards hatten solche Probleme nicht. Erst schießen, dann denken. Darauf waren sie trainiert. Sie hätten Klinger in Stücke geschossen, wenn Martina ihnen dazu Zeit gelassen hätte. Sie hatte den Sprung mit einer Hechtrolle nach vorn abgefangen und stand nur noch drei Meter von den blonden Recken entfernt. Die Läufe ihrer beiden 38er zeigten auf deren Köpfe, und ihre Zeigefinger zogen die Abzüge fast gleichzeitig durch.

Die beiden Bodyguards schlugen nach hinten über. Klinger schoß ebenfalls. Er traf Liebesfeld zweimal in den Oberkörper. Liebesfeld stöhnte auf und sackte langsam in den Knien ein. Ein weiterer Schuß krachte. Martina hatte auf eine der Frauen geschossen und sie getroffen. Die drei anderen hatten nun ebenfalls ihre Waffen gezogen. Eine von ihnen traf Martina in die Schulter. Eine Waffe flog ihr aus der Hand. Bevor die Frau erneut auf Martina schießen konnte, hatte Klinger sein halbes Magazin entleert.

Klinger sah in den Lauf einer Walther. Die dritte der blonden Überfrauen hielt sie mit ruhiger Hand auf ihn gerichtet. Die vierte Frau suchte unterdessen ihr Heil in der Flucht. Sie wollte über die Treppen entkommen. Martina machte einen gewaltigen Sprung vor und schlug der Frau, die auf Klinger angelegt hatte, hart ins Gesicht. Ein langgezogener Schrei verhallte in dreißig Metern Tiefe. Gleich darauf hörte man den platschenden Aufprall ihres Körpers irgendwo dort unten. Schon wieder schoß Martina. Sie hatte die fliehende Frau nicht erwischt.

Unter ihnen wurden Stimmen laut. Ihr kleines Feuergefecht hier oben war nicht unbemerkt geblieben. Da unten waren noch etwa zwanzig braune Elitenachtwächter der Thule-Truppe. Die bewaffneten Saubermänner machten sich in diesem Moment daran, den Felsen zu stürmen.

«Bleib da», schrie Martina. «Verschanz dich hier!» Dann verschwand sie in dem dunklen Felsendurchgang, der zur Treppe führte. Klinger schüttelte den Kopf und lief ihr nach.

Martina sah die vierte blonde Mutantin einige Meter vor sich. Jeden Moment konnten die heraufstürmenden Braunhemden ihr Deckung geben. Dann könnte sie sich in Ruhe daranmachen, ihr Todeswerk zu vollenden. Martina schoß. Vorbei! Sie hatte noch zwei Kugeln. Sie schoß erneut. Wieder daneben. Martina rannte der Blonden, so schnell sie konnte, hinterher. Ihr Arm schmerzte bei jeder Stufe, und ewig schlug sie mit dem Ellenbogen gegen die felsige Wand. Vor allem, wenn sie um eine der Ecken bog.

Hinter der nächsten tückischen Ecke blieb ihr genau die Zeit eines Augenaufschlages, um eine endgültige Entscheidung zu fällen. Das blonde Gift stand nur einen Meter vor ihr. Aber gleich neben der Frau hatten sich zwei der Braunhemden postiert. Die Läufe waren auf die ankommende Martina gerichtet. Wenn sie mehr Kugeln gehabt hätte, wären die beiden kurzgeschorenen Möchtegernhelden sicherlich Hackfleisch gewesen. Klar, sie hätte sich auch in Deckung werfen oder sich vielleicht sogar im Nahkampf behaupten können. Aber alles das könnte auch ein Fehler sein. Letztlich gab es nur eine todsichere Entscheidung. Wichtig war in diesem Augenblick nur diese eine Kugel, die sich aus ihrem Lauf löste und unaufhaltsam ihren Weg zwischen die Ohren der blonden Frau vor ihr fand. Martina achtete nicht weiter darauf, daß auch die beiden Braunhemden in diesem Moment ihre Abzüge betätigten. Martina konzentrierte sich ausschließlich auf ihren eigenen Schuß. Sie wußte, daß sie die blonde Frau erwischt hatte, auch wenn sie selbst diesen Moment nicht mehr erlebt hatte.

Klinger hatte die Schüsse gehört und war stehengeblieben.

«Wir haben sie erwischt!» jubelte eine postpubertäre Knabenstimme.

Klinger wußte sofort, wen der Junge meinte, und konnte es kaum fassen. Martina war eine ausgezeichnete Kämpferin. Nie im Leben würde die sich von einem unreifen Bengel mit einem 9-Millimeter-Pimmelersatz erledigen lassen!

«Na und!» rief eine etwas ältere Stimme. «Die andere ist auch tot. Wir müssen sehen, daß wir da raufkommen! Macht schon, los jetzt!»

Klinger hörte die schweren Stiefel auf der Treppe. Er zog sich schleunigst zurück. Oben am Ende der Treppe gab es kein Entkommen mehr. Er verschanzte sich, so gut es ging, hinter einem Felsvorsprung und brachte seine Waffe in Anschlag. Es dauerte nicht lange, dann sah er ein erstes Ziel auf dem letzten Absatz der Treppe. Er ging kein Risiko ein und schoß sofort. Jemand schrie im Dunkeln. Klinger hoffte, daß es der Kerl mit dem Pimmelersatz war. Aber letztlich war es auch egal. Klinger konnte nicht erkennen, wie viele es waren, aber sie setzten zum Sturm an. Einer kam dabei bis auf vielleicht vier Meter an seine Stellung heran, bevor Klinger seinen stiefelgeplagten Schweißfüßen ein Ende bereitete. Das war jetzt schon sein zweites Magazin. Wenn er sich nicht verzählt hatte, blieben ihm noch drei Kugeln. Einen weiteren Ansturm würde er wohl kaum überstehen.

«Nette Party», freute sich Beck. «Hat was von Halloween.»

«He!» rief Jensen, die deutlich selbstsicherer geworden war, seitdem sie wieder festen Boden unter den Füßen hatte. «Piß gefälligst an dein eigenes Auto!»

Ein wuchtiger Kerl mit Stierhörnern auf dem Kopf drehte sich, ohne seine Tätigkeit zu unterbrechen, Jensen zu. Dann lallte er mit schwerer Zunge. «Das is doch mein Wagen, oder etwa nisch?»

«Wenn du das nicht weißt ...» grunzte Beck. Dann machten sie sich auf den Weg über die Volksfestwiese.

«Wie sollen wir Klinger hier finden?» fragte Jensen.

«Sein Wagen stand auch nicht auf dem Parkplatz», bemerkte Beck. «Ist denn sicher, daß er ...»

Eine rothaarige Hexe tobte auf einem Besen reitend an ihnen vorbei zu einem der Lagerfeuer. Beck schüttelte den Kopf. «Das ist nichts für Klinger. Hier ist der bestimmt nicht.»

«Wenn er seinen Standort gewechselt hätte, dann hätte er uns doch sicherlich informiert», behauptete Jensen.

«Vielleicht hat sich euer Mann maskiert und unters Volk gemischt!?» sagte Lothar.

Beck und Jensen lachten.

«Ich wette, der hockt hier irgendwo gemütlich in seinem Wagen. Er hat ihn bestimmt auf einer Anhöhe geparkt. Und von dort aus schneidet er die neuesten Zauberformeln und Trinksprüche mit.»

«Klinger hat immer gern eine Zentralheizung oder zumindest aber eine Standheizung in der Nähe, wenn es ernst wird», erklärte Jensen.

«Ist mehr der Typ Techniker, ja?»

«Genau», stimmte Beck zu.

In diesem Moment fiel der erste Schuß. Beck schaute sich nervös um. Die Lagerfeuer blendeten ihn. In der Dunkelheit dazwischen konnte man nichts wirklich erkennen. Ein zweiter und ein dritter Schuß fielen. Das hörte sich an, als ob es ziemlich weit weg war.

«Das kommt von da vorn!» rief Jensen.

Zwischen zwei Schüssen ertönte ein langer Schrei. Jemand mußte von einem der Felsen gestürzt sein.

«Die sind da oben», schrie Beck, um die Rufe der durcheinanderlaufenden Besucher zu übertönen. Die Leute waren sich nicht einig. Ein paar glaubten Schüsse gehört zu haben, andere stürmten nach vorn, um das vermeintliche Feuerwerk aus der Nähe zu sehen.

«Aus dem Weg!» Beck drängelte sich durch die schaulustige Menge nach vorn. Jensen, Lothar und Micha waren dicht hinter ihm. Sie alle hatten ihre Waffen gezogen. Wieder fielen in der Höhe über ihnen Schüsse. Beck war jetzt kurz vor der Treppe, die nach oben auf die Felsen führte. Dort hatte sich ein fast undurchdringliches Menschenknäuel gebildet.

«Platz da!» schnauzte Beck die Leute an.

«Nun mal ganz ruhig, Opa!» Ein Ein-Meter-neunzig-Schrank drehte sich um, als Beck ihn angerempelt hatte. Hinter ihm stürmte eine Handvoll Uniformierter die Steinstufen hinauf.

«Opa?» grunzte Beck und hielt seine Waffe hoch. Die mußte der Kerl ja wohl auch in der Dunkelheit erkennen. Der Schrank hatte sich nun vollständig Beck zugewandt und versperrte ihm weiterhin den Weg. Erst jetzt erkannte Beck, daß der Mann eine alte Uniform der Braunhemden trug und seinen Baseballschläger wie ein Gewehr auf ihn richtete.

Rechts von Beck schoß ein Arm vor: Jensens Calico befand sich gleich neben dem Ohr des Braunhemdes.

«Laß das fallen!»

Beck wurde wohl doch alt. Was er für einen Baseballschläger gehalten hatte, war in Wirklichkeit eine Pumpgun. Die Schrotflinte zeigte genau auf seinen Magen. Gleich hinter dem Kerl mit der Pumpgun hatten sich vier weitere Braunhemden aufgebaut, die Beck und seinen Leuten den Weg nach oben versperren wollten. Sie hatten von einer alten P1 bis zur modernen Sig

Sauer alles auf Beck gerichtet, was ihnen zur Verfügung stand. Über ihren Köpfen wurde schon wieder geschossen. Beck biß sich auf die Lippen. Zum Verhandeln blieb keine Zeit. Aber bei dem geringsten Fehler würde es ihn auf alle Fälle erwischen, überlegte Beck. Es war ein klassisches Patt.

Lothar hatte sich, mit der Waffe im Anschlag, neben Beck geschoben. Von hinten drängelte die Masse der Neugierigen, die offenbar gar nicht mitbekamen, was hier vorne vor sich ging. Jensen ließ den Kerl mit der Schrotflinte nicht aus den Augen. Offenbar warteten sie darauf, was Beck tun würde. Er befand sich schließlich in der schlechtesten Position und mußte das Zeichen zum Angriff geben.

Plötzlich bemerkte Beck, wie Lothar ihm eine Handgranate in die Hand schob. Beck umklammerte den Abzugsbügel. Dann hob er die Granate vor sich in die Luft. Mit der freien Hand entsicherte Lothar die Granate für ihn.

Den Braunhemden wurde die Situation sichtbar unbehaglich. Vor ihnen war die Menschenmenge, hinter ihnen nur der schmale Durchgang zur Felsentreppe. Wenn Beck das Ding fallen ließ, blieb ihnen keine Chance zu entkommen. Das verstanden sogar ihre braunen Erbsenhirne. Sie machten einen zaghaften Schritt zurück. Beck setzte sofort nach. Er wußte natürlich, daß er die Granate keinesfalls loslassen durfte. Es standen vielleicht 100 bis 150 Menschen um ihn herum. Das hätte ein Blutbad gegeben. Aber das zogen die Braunhemden gar nicht in Betracht. Sie wußten ja nicht, daß sie die guten Jungs vor sich hatten. Energisch machte Beck noch einen Schritt vor. Die Braunhemden behielten ihre Waffen auf ihn gerichtet, aber schienen Beck nicht mehr unbedingt daran hindern zu wollen, die Treppe zu betreten. Langsam schoben sich Beck und seine Leute Richtung Treppe vor. Die Braunhemden standen jetzt wortwörtlich mit dem Rücken zur Wand und zogen sich allmählich auf die Stufen zurück.

«Warum hast du den Splint weggeworfen?» flüsterte Beck Lothar zu. «Jetzt kann ich das Ding nicht mehr loslassen, verdammt!»

«Keine Angst», flüstere Lothar zurück. «Das ist keine richtige Granate.»

«Was?»

«Das ist nur eine Blendgranate!» erklärte Lothar leise. «Ich schlage vor, du zählst bis drei und wirfst sie.»

Lothar gab Micha ein Zeichen, und Beck flüsterte Jensen zu, daß es nur eine Blendgranate sei. Dann zählte er bis drei und warf das gute Stück.

Der Erfolg war verblüffend. Die harten Jungs warfen sich zu Boden. Der cleverste von ihnen rannte die Treppe hoch, um sich dort in Sicherheit zu bringen. Beck und Jensen stürzten sich sofort auf die am Boden liegenden Gegner. Die Granate explodierte mit einem gleißenden Licht. Das Publikum stieß ein erstauntes «Oaah!» aus. Beck und die anderen nutzten die verbleibende Schrecksekunde, um ihre Gegner zu entwaffnen und die Knarren in die Dunkelheit zu schleudern. Lothar und Micha fesselten die Braunhemden paarweise mit einem Paar Handschellen an das Treppengeländer. Die waren erledigt. Weiter oben war es ruhig geworden. Ein vereinzelter Schuß krachte. Wenn das da oben Klinger war, dann saß er mächtig in der Patsche. Beck verlor keine weitere Sekunde und begann die Treppe hinaufzurennen. Hinter der ersten Ecke lag der cleverste der fünf Braunhemden. Er rappelte sich gerade wieder auf. Beck schlug ihm im Vorbeilaufen mit dem Kolben seiner Pistole hart auf den Kopf. Das Bürschchen legte sich gleich wieder hin.

Jensen folgte Beck in dichtem Abstand. Zur Sicherheit verpaßte sie dem am Boden liegenden Braunhemd auch noch einen Schlag. Man konnte ja nie wissen. Zehn Stufen später prallte sie an Becks Rücken ab. Der war einen guten Schritt zurückgesprungen. Ein paar Biegungen weiter hatten sich sechs weitere Braunhemden verschanzt. Aber sie schienen nicht auf einen Angriff aus Becks Richtung vorbereitet zu sein. Sie hatten ihn nicht einmal bemerkt, als er um die Ecke gebogen war. Ihre ganze Aufmerksamkeit galt dem Ausgang der Felsentreppe viel weiter oben.

«Kommt schon und holt mich!» rief eine bekannte Stimme von dort.

«Klinger», zischte Beck und zeigte sechs Finger. Jensen nickte. Sie sprangen um den Felsvorsprung und feuerten ohne Vorwarnung. Die Braunhemden waren so überrascht, daß sie keinerlei Gegenwehr leisteten. Jensen erledigte vier von ihnen, ohne daß einer von ihnen zurückschoß. Beck traf die anderen mit jeweils zwei Kugeln. Er ging grundsätzlich lieber auf Nummer Sicher.

«Was ist los?» keuchte Lothar, der endlich die Treppen hochgerannt gekommen war. «Saubere Arbeit!» lobte er Beck und Jensen.

Mit schußbereiten Waffen arbeiteten sie sich vor.

«Die haben aber nicht wir erledigt», sagte Jensen. Auf den letzten 15 Metern der Felsentreppe lagen noch etwa 14 Leichen. Zwei davon waren Frauen. Als sie endlich oben auf dem Felsen angekommen waren, rief Jensen nach Klinger.

Der kroch auf der anderen Seite hinter einem schmalen Vorsprung vor. «Schön, daß ihr auch noch kommt!»

Klinger sah mitgenommen aus. Er war wohl nicht ernstlich verletzt, aber in seinem Gesicht waren Schrammen, und seine Hände sahen ziemlich kaputt aus. Beck schlug ihm anerkennend auf die Schulter. Daß ausgerechnet er die drohende Katastrophe aufgehalten hatte, alle Achtung! Klinger konnte mit dieser Anerkennung nichts anfangen. Eine Freundin von ihm war tot, und er selbst fühlte sich eher zum Kotzen.

Lothar und Micha hatten unverzüglich damit begonnen, die Leichen zu untersuchen. Micha hatte einen der Koffer geöffnet, die die blonden Riesenfrauen bei sich getragen hatten. Er pfiff schrill durch die Zähne. Der Koffer war voller Geld und Papiere.

«Damit hätten die einen schönen Urlaub machen können!» stellte Lothar fest. «Und genug Pässe und Visa hatten die auch.»

«Die hätten eine Weltreise machen können!» rief Jensen, die einen zweiten Koffer geöffnet hatte.

«Jetzt müssen wir nur noch die Viren finden!»

«Hey! Seht zu, daß ihr das Blut nicht berührt! Die Viren sind da nämlich drin!» rief Klinger dazwischen.

«Wo drin?»

«In dem Blut, Beck. In dem verdammten Blut. Dieser Liebesfeld hat die Frauen mit den Viren infiziert.»

«Und darum die Pässe und das Geld!» folgerte Jensen messerscharf und trat einen Schritt von der Leiche zurück. «Damit hätten die diese Viren in die ganze Welt getragen.»

«Was halten Sie hiervon?» fragte Micha und hielt einen kleinen Glaskolben mit einer klaren Flüssigkeit hoch.

«Das ist der Rest von dem Zeug, das Liebesfeld den Frauen injiziert hat!» sagte Klinger.

«Die Viren?»

«Ja.»

«Also, die nehme ich dann wohl an mich.» Lothar ließ sich von seinem Untergebenen das Gläschen geben.

«Das halte ich für keine gute Idee», rief Klinger und richtete seine Waffe auf den BND-Mann.

«Beruhige dich, Klinger, die sind vom BND. Das sind die guten ...» erklärte Beck.

«Ich weiß», sagte Klinger. «Und das gefällt mir überhaupt nicht.»

«Er hat recht», mischte sich Jensen plötzlich ein. «Mir ist auch nicht wohl dabei, wenn der BND in seinem Safe so ein Teufelszeug hat.»

«Moment mal, Leute!» sagte Lothar. «Wir waren doch bislang alle ganz vernünftig. Dieses Zeug ist beim BND in den besten Händen. Darüber sind wir uns doch wohl einig.»

Offenbar waren sie sich da nicht einig. Denn auch Jensen hatte ihre Waffe auf Lothar gerichtet. Beck zögerte noch einen Moment, vielleicht weil er Lothar eigentlich ganz sympathisch fand oder weil er in den letzten Stunden soviel mit ihm gemeinsam durchgemacht hatte. Doch dann zog auch er seine Waffe.

«Tut mir leid, Lothar, aber die beiden haben recht.»

Lothar schien sich sehr unwohl in dieser Rolle zu fühlen. Ganz langsam zog er ebenfalls seine Waffe aus dem Holster. «Es ist doch wohl klar, daß ich die Viren nicht euch überlassen kann.»

«Wir wollen diese Viren auch gar nicht», erklärte Klinger ruhig und mit ganz sachlichem Tonfall. «Uns geht es darum, diese Viren zu vernichten.»

«Tja, also, ich weiß nicht ...» Lothar wartete darauf, daß Micha ihm Feuerschutz gab und endlich seine Pistole zog. Doch Micha schaute ihn nur mitleidig an. «Was ist? Willst du mich nicht unterstützen?»

«Ehrlich gesagt ... Lothar ... Wenn ich mir meine Haarfarbe so anschaue, wäre es mir auch am liebsten, dieses Mistzeug würde auf Nimmerwiedersehen von diesem Planeten verschwinden!»

Lothar ließ die Waffe in Zeitlupe sinken und staunte. Im Prinzip war er ein ganz vernünftiger Mann, und das zeigte er auch jetzt. «Also, was machen wir mit dem Serum?»

«Verbrennen», antwortete Klinger, ohne zu zögern. «Und die Leichen verbrennen wir gleich mit. Ich will nicht, daß irgend so ein durchgeknallter Pathologe oder sonstwer die Viren aus dem Blut herausholt und die dann wieder kultiviert!»

Beck steckte die Pistole weg und machte sich auf den Weg

zum Parkplatz, um einen Kanister Benzin zu holen. Lothar schüttelte müde den Kopf. «Was soll ich denn meinen Vorgesetzten erzählen. Ich habe ein geliehenes Schnellboot in Malta liegenlassen, die Hälfte meiner Männer verloren und einen diplomatischen Eklat mit den Maltesern und Italienern heraufbeschworen. Das alles wegen eines Virus, der nur schwarzhaarige Menschen dahinrafft. Wenn ich das nicht belegen kann, schiebe ich die nächsten zwanzig Jahre Innendienst. Ganz unten im Archiv!»

«Wir sprechen hier von einer Bedrohung, die neun Zehntel der Menschheit das Leben kosten kann», erklärte Klinger pathetisch. «Da werden Ihre persönlichen Probleme irgendwie relativ, finden Sie nicht?»

«Okay», willigte Lothar resigniert ein. «Dann müssen wir nur noch klären, was wir mit diesen Koffern machen.»

«Die Koffer?» fragte Klinger verdutzt. Dann mußte er grinsen.

«Stimmt, das mit den Koffern ist eine interessante Frage!» fand nun auch Micha.

«Ich sehe die Sache so. Beim BND ist unsere Karriere vorbei. Daß wir die Viren vernichten müssen, sehe ich ein, aber ...»

«Kommt nicht in Frage!» rief Jensen.

«Komm schon, Jensen», setzte Klinger vorsichtig an. «Ich denke, wir müssen nicht alles Geld für die Polizei hier liegenlassen. Die beiden geben schließlich einen Pensionsanspruch auf ...»

«Schon gut, schon gut», winkte Jensen ab. «Die Pässe bleiben aber hier.»

«Einverstanden», sagte Lothar. Er öffnete vorsichtig das Glasgefäß und warf es in das Lagerfeuer. Irgendwie hatte er wohl eine Stichflamme oder einen besonders farbigen Rauch erwartet. Aber es zischte nur leise, als die Flüssigkeit in die Flammen kam, und die Sache war erledigt.

Als Beck mit dem Kanister in der Hand wieder den Felsen betrat, waren die beiden BNDler gerade dabei, ihre Koffer zu überprüfen und die Pässe herauszunehmen.

«Was soll das?» fragte Beck.

«Ach, weißt du, Beck. Es gibt noch 'ne Menge kleiner Südseeinseln, wo man mit einem Koffer voller Geld ein gerngesehener Gast ist. Hier dürften wir momentan weniger willkommen sein.»

Beck verstand das schon. Er sah Jensen und Klinger fragend an. Er fragte sich, wie sie das wohl ihrem Chef klarmachen sollten. «Na, dann viel Glück!»

«Können wir brauchen», sagte Micha.

Jensen und Klinger hatten die Leichen der drei blonden Frauen näher ans Feuer gezogen und die Leichen von Liebesfeld und seinen Leibwächtern ebenfalls. Dann überschüttete Beck sie mit Benzin.

«Wer wirft das erste Streichholz?» fragte Beck zynisch, als er sich zu den anderen an die Treppe gesellte.

Offenbar wollte keiner so recht.

«Ich bin nicht ohne Schuld», redete Lothar sich raus und zeigte auf seinen Koffer.

«Vielleicht sollten Sie gerade deshalb diese Aufgabe übernehmen», sagte Klinger.

Lothar schaute betreten und nahm Beck die Streichholzschachtel aus der Hand. Seine Hände zitterten leicht, als er den Phosphorkopf über die Reibefläche zog. Das Zündholz flammte nicht auf. Dafür aber die mit Benzin übergossenen Leichen. Sie hatten sich durch die Nähe zum Feuer selbst entzündet. Vielleicht ein Funke oder aufsteigende Dämpfe. Das war ja eigentlich auch egal.

Unten am Fuß der Felsen johlte die Menge. Das war offensichtlich ein Feuer ganz nach ihrem Geschmack. Vielleicht hätten sie nicht so gejubelt, wenn sie das gerochen hätten, was

Beck und den anderen in diesem Moment in die Nase stieg. Verbranntes Fleisch.

Angewidert wandten sich alle ab und stiegen die Treppe hinunter. «Wir sollten hier verschwinden. Ich möchte ein Zusammentreffen mit der Polizei, wenn möglich, vermeiden», sagte Beck.

«Ach du Scheiße», stöhnte Klinger auf. «Wir haben eine vergessen!»

«Was?»

«Was redest du da?

«Martina hat eine von diesen blonden Riesenfrauen vom Felsen geschmissen. Die muß auf der Rückseite bei dem kleinen See liegen. Die habe ich völlig vergessen.»

«Ist noch Benzin in dem Kanister, oder müssen wir die jetzt die ganze Felsentreppe hochtragen?» grunzte Jensen genervt.

«Wir haben noch einen Kanister in der MÜCKE. Der hier war aus dem Mietwagen», sagte Beck und schüttelte den leeren Plastikbehälter.

«Wir sollten uns beeilen», sagte Lothar. «Es dauert zwar ewig, bis hier in der Pampa die Polizei auftaucht. Aber wenn einer von diesen Verrückten sie gerufen hat, dann kommen die auch gleich mit mehreren Mannschaftswagen angerückt. Vor allem zur Sonnenwendfeier.»

So schnell es ging, arbeiteten sie sich durch die Menge der Schaulustigen und umrundeten die Felsformation, um auf die Rückseite zu gelangen.

«Ich hole den Kanister», rief Klinger, weil er als einziger wußte, wo der Wagen stand.

«Und bring um Gottes willen ein paar Taschenlampen mit!»

In dieser Dunkelheit war nichts zu machen. Beck und Lothar waren tapfer bis zu den Knien ins eisige Wasser gestapft. Daß die Frau hier irgendwo runtergekommen war, schien ihnen am wahrscheinlichsten. Die dünne Eisschicht, die das Wasser bedeckte, war dort, wo Beck und Lothar das Ufer verlassen hatten, eingebrochen.

«Hier», keuchte Klinger atemlos und reichte den beiden zwei Maglites.

Beck ließ den Strahl der Lampe über den See gleiten. Nichts! Beck ließ den Strahl noch einmal zurückgleiten und stoppte. «Das kann nicht wahr sein!»

«Was denn?» Lothars Strahl folgte dem von Beck. Dort, wo sie sich trafen, sahen sie die schlechte Nachricht. Eigentlich sollte da eine Leiche im Wasser treiben, tat sie aber nicht. Zumindest der wasserdichte Koffer hätte dort schwimmen müssen, Klinger war sicher, daß sie ihn bei sich hatte, als Martina die Frau gestoßen hatte. Statt dessen sahen sie nur ein großes Loch im Eis. Die Frau mußte an dieser Stelle aufgeschlagen sein. Das war das gute Zeichen, aber dann kam das Problem. Becks Lichtstrahl fuhr eine Art Fahrrinne ab, die direkt zum Ufer führte. Weder Beck noch Lothar hatten sich so weit ins Wasser getraut.

«Das kann nicht sein!» behauptete Lothar. Sie stapften zu der Stelle, an der die Fahrrinne auf das Ufer traf. «Sie hat eindeutig überlebt.»

«Und sie ist abgehauen!» vervollständigte Beck die Katastrophennachricht.

«Dann rennt die jetzt in der Welt herum und steckt womöglich Tausende mit diesem verdammten Virus an!» schrie Jensen wütend. «Klinger, verdammt noch mal, wie kannst du ...»

«So einfach ist das nicht», versuchte Klinger sie zu beruhigen. «Der Virus hat eine Inkubationszeit von mindestens achtundvierzig Stunden. Vorher ist er nur bei direktem Blutaustausch gefährlich. Aber dann ...»

«Achtundvierzig Stunden!» murmelte Beck. «Dann sollten wir uns verdammt noch mal beeilen.»

«Das wäre nicht nötig, wenn Klinger ...»

«Hör auf!» schrie Beck seine Kollegin an. «Das war nicht

Klingers Schuld. Wer kann schon ahnen, daß diese Mutation einen Sturz aus dreißig Metern Höhe überlebt?»

Jensen knurrte mürrisch. «Ich hätte mich in jedem Fall davon überzeugt, daß ...»

«Los jetzt!» rief Beck. «Für solche Lappalien ist jetzt keine Zeit.»

ELF

Eine halbe Stunde lang hatten sie alles in der Umgebung abgesucht. Ohne jeden Erfolg. Die blonde Frau war offenbar entkommen. Das einzige, was sie entdeckt hatten, waren drei gleichfarbige Ford Fiesta. Offenbar Leihwagen. Sie standen vorne an der Einfahrt zum Parkplatz in einer Reihe. Das hieß, eine Parklücke zwischen den drei Wagen war frei. Beck probierte einen der Schlüssel, den er neben den Pässen in einem der Geldkoffer gefunden hatte. Er paßte. Damit lag der Verdacht nahe, daß die flüchtige Frau in einem vierten Fiesta das Weite gesucht hatte.

Per Handy unterrichteten sie Jacobi. Der war nicht gerade erfreut. Daß Klinger sich hatte gefangennehmen lassen, war eine Sache, aber den Datenspeicher der MÜCKE zu löschen, das war unprofessionell. Jetzt konnten sie nicht einmal überprüfen, wo diese Wagen ausgeliehen worden waren und wo sie wieder abgegeben werden sollten. Mit diesen Informationen hätten sie wenigstens einen Anhaltspunkt gehabt, wo sie mit der Suche beginnen sollten.

Es half alles nichts. Sosehr die Zeit auch drängte, sie mußten erst einmal zurück zur Basis. Das Team trennte sich. Jensen hatte anscheinend genug von der Fliegerei und fuhr mit Klinger zusammen in der MÜCKE nach Hamburg zurück. Beck nahm Lothar und Micha im Flugzeug mit. Am Hamburger Flughafen wollten sie sich mit einem Last-minute-Ticket absetzen.

Klinger mußte den Kleinlaster ziemlich getreten haben, denn er wartete bereits in der Zentrale, als Jacobi eintraf. Gerade überspielte er die Datenbänke seines Rechners auf die MÜCKE, um sie wieder einsatzbereit zu machen. Jacobi beschloß, daß es auf eine halbe Stunde wohl nicht ankäme. Es wurde langsam Zeit für eine Dusche. Für solche Fälle hatte jeder einen kleinen Spind mit Sachen zum Wechseln in dem Loft.

Auch Beck und Jensen machten sich frisch, während Klinger schlecht gelaunt versuchte, den Zeitverlust wieder wettzumachen.

«Also, wir haben Glück», berichtete Klinger, als Jacobi sich eine neue Krawatte umband. «Die Wagen waren alle auf Liebesfelds Namen geliehen. Daher haben wir auch das Kennzeichen des vierten und wissen, wo er wieder abgegeben wurde.»

«Er wurde schon wieder abgegeben?» fragte Jacobi alarmiert.

«Ja, aber zu unserem Glück ausgerechnet am Hamburger Flughafen. Ich bin schon dabei, die Passagierlisten zu checken.»

«Woher willst du wissen, welchen Namen die Frau benutzt. Sie hat doch jede Menge Pässe dabei», wollte Jensen wissen und trocknete sich die Haare mit einem Handtuch ab, das sie anschließend wie einen Turban um den Kopf wickelte.

«Die Pässe haben zwar verschiedene Nationalitäten, aber die eingetragenen Namen sind immer die gleichen.»

«Schön und gut, aber jede Frau hat ihren eigenen Namen. Daraus können wir nicht ableiten, wie die verschwundene Frau heißen könnte.»

«Doch, Jacobi. Können wir.» Klinger reichte ihm die Pässe. «Fällt Ihnen da etwas auf?»

«Nein!» sagte Jacobi, nachdem er die Pässe grob studiert hatte.

«Die Namen!»

«Sieglind Naumann, Gerhild Meyer, Waltraut Beckmann», las Jacobi die Namen laut vor. «Was soll mir da auffallen?»

«Walküren! Das sind alles Namen von Walküren», verkündete Klinger stolz.

«Also suchen wir nach einer Frau mit dem Vornamen einer Walküre?» folgerte Beck interessiert.

«Das grenzt die Sache natürlich ein», murmelte Jacobi. «Da bliebe Ortlind, Siegrun, Helmwig ...»

« ... und Roßweiße!» steuerte Jensen munter bei. «Das sind ganz schön viele.»

Klinger schnalzte mit der Zunge. «Nicht doch. Das sind vier Frauen. Eine muß ja wohl die Anführerin sein. Und wie heißt die Anführerin der ...?»

«Brunhilde!» rief Jacobi erleichtert. «Natürlich, die Frau heißt Brunhild.»

«Kein besonders gängiger Name, nicht war?» freute sich Klinger.

«Gut gemacht», lobte Jacobi ihn versöhnt.

Der Computer hinter Klinger gab das Brüllen eines ausgewachsenen Löwen von sich.

«Ahh!» rief Klinger. «Treffer! Es ...» Klinger machte eine bedenklich lange Pause. «Es scheint so, als ob im Winter die meisten Rentner gen Süden fliegen. Und vor sechzig Jahren erfreute sich der Name Brunhilde wohl etwas größerer Popularität!»

«Mach es nicht so spannend», sagte Beck.

«Na, bei etwa 24000 Passagieren täglich kann der Name Brunhilde schon mal öfter vorkommen. Also, genaugenommen: neunzehnmal. Aber ... acht können wir Gott sei Dank gleich ausklammern, die sind mit Ehemann unterwegs.»

«Bleiben elf!» rechnete Jacobi blitzschnell nach.

«Nicht ganz, fünf reisen im Neckermannbomber. Ich glaube kaum, daß unsere Zielperson eine Pauschalreise gebucht hat.»

«Also sechs.»

«Ich drucke mal die Liste aus.»

«Wir müssen zum Flughafen und die Schalter überwachen», sagte Beck.

«Los, ihr drei!» rief Jacobi. «Ich halte hier die Stellung.»

Lothar war auch nicht gerade glücklich mit ihrem Reiseziel, aber es war die schnellste Möglichkeit, Deutschland zu verlassen. Also hatten sie widerwillig zugegriffen.

«Hast du eigentlich mal darüber nachgedacht, warum niemand im Winter nach Island fliegen will?»

«Hör schon auf! Mir wäre der Flug auf die Bahamas auch lieber gewesen. Palmen, Sonne, weißer Strand und das alles.»

«Du brauchst es mir nicht weiter auszumalen, ich weiß auch so, was du meinst.»

«Da war nun mal nur ein Platz frei. Hätten wir etwa losen sollen?»

Micha zuckte mit den Schultern.

Lothar ignorierte diese enttäuschende Geste einfach. «Und außerdem ist Island nur ein Zwischenstop. Von dort aus sehen wir zu, wie wir in aller Ruhe in die Südsee kommen, klar?»

«Ja, ja. Aber mitten im Winter in die Arktis …» maulte Micha.

«Außerdem ist es da gar nicht so kalt. Im Schnitt höchstens 1 bis 2 Grad kälter als hier. Das macht der Golfstrom.»

«Na toll! Und hier wollten wir ja gerade weg.»

Der Direktflug der Icelandair von Hamburg nach Keflavík ging in einer halben Stunde. Es blieb gerade noch Zeit für den Check-in. Von den 150 Plätzen in der 737 waren nicht einmal die Hälfte besetzt. Micha und Lothar besetzten eine ganze Dreiersitzreihe und stellten die beiden Koffer zwischen sich ab. Die Koffer ließen sie keine Sekunde aus den Augen. Schließlich befand sich da ihre Rente drin.

Der Start verlief reibungslos und pünktlich. Die etwas über drei Stunden Flug, die vor ihnen lagen, boten ausreichend Gelegenheit, endlich einmal auszuschlafen. Lothar hatte sich auf dem Flughafen einen Einmalrasierer gekauft. Bevor die Stewardess mit den Getränken ankam, wollte er sehen, daß er seine Stoppeln los wurde. Die Toiletten befanden sich im hinteren Teil des Flugzeugs. Er ging an den Sitzreihen entlang zum Heck.

In Reihe 21 stutzte er. Lothar war ein geübter Beobachter. Er warf der Frau keinen zweiten Blick zu. Der wäre ihr womöglich aufgefallen. Aus den Augenwinkeln hatte er den Koffer bemerkt, den die Frau als Handgepäck dabeihatte. Sie war blond, mindestens zwei Meter zehn groß. Bestimmt war sie daran gewöhnt, daß man ihr mehr als einen Blick zuwarf. Aber Lothar hatte sich beherrscht. Er betrat die Toilettenkabine und begann sich zu rasieren. Auf dem Rückweg blieb noch Zeit genug für einen weiteren, ganz unauffälligen Blick.

«Es gibt Ärger», sagte Lothar, als er sich wieder auf seinen Sitz fallen ließ.

«Was?» fragte Micha schläfrig. Ihm waren wohl in den paar Minuten schon die Augen zugefallen.

«Acht Reihen hinter uns sitzt eine große, eine auffällig große blonde Frau. Und sie hat einen Koffer dabei.» Lothar zeigte auf die Koffer, die zwischen ihnen auf dem Sitz lagen. «Genau so einen Koffer.»

«Nein!» seufzte Micha. «Ich habe ja gesagt: Karibik!»

«Wir haben gut zwei Stunden, um uns etwas einfallen zu lassen», sagte Lothar. «Ohne Waffen dürfte es schwierig werden, sie daran zu hindern, die Maschine zu verlassen.»

Micha schüttelte den Kopf. «Bist du sicher, daß wir diese Frau wirklich gesehen haben?» fragte er vorsichtig.

Lothar schnalzte mit der Zunge. «Komm schon. Sei nicht albern!»

«Mist, verdammter, so kommen wir nie in die Karibik», stöhnte Micha und zog sich die Mütze über die Augen. «Weck mich, wenn dir was eingefallen ist.»

Klinger und Jensen überwachten die lange Reihe der Flugschalter gleich neben dem Aufgang der Rolltreppe. Beck war weiter hinten zum Terminal 1 gelaufen, um den Schalter von Croatia Airlines zu inspizieren. Hier sollte eine Brunhilde Koepler abfliegen. Beck hielt Ausschau nach einer auffällig großen blonden Frau. Er postierte sich so, daß er beim Einchecken einen raschen Blick auf die Gepäckanhänger werfen konnte. Sein Verhalten blieb nicht unbemerkt. Zwei grün uniformierte Grenzschützer hatten ihn bereits im Visier. Beck versuchte, sich möglichst unauffällig zu verhalten. Aber er wußte aus Erfahrung, daß das mit Sicherheit nicht klappte. Wenn diese Jungs auf etwas heiß waren, dann auf Personen, die sich besonders unauffällig verhielten. Es dauerte nicht lange, bis die beiden auf ihn zukamen und seine Papiere sehen wollten.

Beck erklärte sein Herumlungern an diesem Schalter damit, daß er hier verabredet sei und wohl versetzt worden wäre. Da seine Papiere in Ordnung waren, hatten die Grenzer keine Handhabe gegen ihn. Aber sie würden ihn dennoch im Auge behalten. Auch die Frau am Schalter von Air Croatia behielt ihn im Auge. Der Aufstand, den er mit den beiden Polizisten verursacht hatte, war nicht unbemerkt geblieben. Im Prinzip war er verbrannt.

«Frau Brunhilde Koepler, bitte zur Information, Frau Brunhilde Koepler bitte.»

Beck schlug sich mit der flachen Hand vor die Stirn. Warum war er nicht auf diese Idee gekommen. Er brauchte seine Brunhilde doch nur ausrufen zu lassen. Aus der Schlange vor dem Schalter löste sich genervt eine Frau. Sie war weder blond noch groß. Sie war zierlich und brünett, und sie schleppte schwer an ihrem überdimensionierten Gepäck. Offenbar eine Südeuropäerin. Beck folgte ihr bis zum Informationsschalter. Eine Niete und einen Flug, den sie abhaken konnten.

Jensen grinste verächtlich, als sie sah, wie Beck die Frau am

Informationsschalter beobachtete. Die Angestellte übergab Frau Koepler einen Briefumschlag mit ihrem Namen drauf. Als Brunhilde Koepler ihn öffnete, war er leer und sie verärgert.

«Gute Idee!» sagte Beck.

«War ja auch von mir», freute sich Jensen und hielt sechs weitere Umschläge mit Namen hoch. «Habe ich eben da unten in dem Papierwarengeschäft gekauft.»

«Eine ist uns bereits durch die Lappen gegangen», brummte Klinger. «Der Flug nach Island ist vor einer Viertelstunde gestartet. Wenn die da an Bord war, können wir hier warten, bis wir schwarz werden.»

«Vielleicht haben wir eine Möglichkeit, den Flug zurückzuholen», schlug Beck vor.

«Keine Chance», sagte Klinger ungeduldig. «Bis wir jemanden gefunden haben, der die Verantwortung dafür übernimmt und der uns überhaupt erst einmal Glauben schenkt, ist das Flugzeug längst gelandet.»

«Herr Beck, bitte melden Sie sich am Schalter der Information. Herr Beck, bitte.»

«Wer weiß denn, daß du hier bist?» fragte Jensen irritiert.

«Niemand», sagte Beck, aber er hatte da so eine Ahnung. Trotzdem ging er rüber zur Flughafeninformation. Die Frau hatte einen weißen B5-Umschlag für ihn. Vorn stand sein Name drauf. Damit hatte er irgendwie gerechnet. Fröhlich schwenkte er den Umschlag in der Luft und grinste. «Sehr witzig, Jensen, wirklich komisch!»

Jensen lachte. «Der ist nicht von mir», behauptete sie dann ernst. «Wirklich nicht, obwohl ich zugeben muß ...»

«Ich mach den jetzt auf, Jensen! Und wenn der leer ist, dann ...»

Der Umschlag war nicht leer. Darin befand sich eine Art Funkprotokoll. Aufgenommen von Flug FI 208 nach Keflavík. «Die Nachricht ist von Lothar!» sagte Beck erstaunt. «Die Zielperson ist auf dem Weg nach Keflavík. Sie befindet sich in der gleichen Maschine wie Lothar und Micha.»

«Woher wußten die, daß wir hier sein würden?» fragte Jensen.

«Das haben die vermutet.»

«Klar, wenn die Zielperson bei ihnen im Flugzeug sitzt, liegt der Verdacht nahe, daß wir das rauskriegen und hier am Flughafen auftauchen, um sie abzufangen», erklärte Klinger. «Deduktive Logik.»

«Können wir die Maschine irgendwie einholen?»

«Moment.» Klinger hatte seinen Laptop aufgeklappt. «Die fliegen in einer 737 und haben eine halbe Stunde Vorsprung.»

«Das wird knapp», sagte Beck. «Wenn wir uns beeilen, landen wir vielleicht zehn Minuten nach ihnen.»

«Oooh, nein», jammerte Jensen. «Ich verlange eine Vielfliegerzulage. Das ist ja nicht normal.»

Niemand kümmerte sich um ihr Gejammer. Es blieb ihnen nicht viel Zeit. Nur gut, daß Beck die Cessna noch gestern abend hatte auftanken lassen. Irgendwie hatte er so was geahnt.

Lothar sah sich unruhig um. Er hoffte, daß Beck seine Nachricht erhalten hatte. Die Jungs waren gut. Sie mußten längst herausgefunden haben, von welchem Flughafen aus die Zielperson das Land verlassen hatte. Trotzdem konnte Lothar sich nicht darauf verlassen, daß sie rechtzeitig in Keflavík eintrafen. Im Ernstfall mußte er die Frau allein stoppen.

Gott sei Dank hatte er ja noch seinen BND-Ausweis. Vielleicht konnte er den isländischen Zoll dazu bringen, die Frau ein wenig aufzuhalten. Wenn zum Beispiel der Verdacht bestand, daß sie Drogen transportierte. Bestimmt reichte es schon, wenn die Zöllner das viele Geld in ihrem Koffer entdeckten. Lothar sah auf seinen Koffer. Auch er hatte jede Menge Geld dabei. Vielleicht war das mit dem Zoll doch keine so gute Idee. Ach, das würde schon irgendwie klappen. Schließlich waren sie zwei gutausgebildete Kämpfer, und ihr Gegner war nur eine Frau. Micha schlief immer noch wie ein Baby. Die Mütze übers Gesicht gezogen. Es wurde Zeit, ihn zu wecken. Lothar stieß ihn an die Schulter. «Micha, wach auf!» flüsterte er.

Micha wachte nicht auf. Lothar stieß ihn noch zweimal an. Dann zog er ihm die Mütze vom Gesicht. Er stutzte und zog ihm die Mütze schnell wieder über. So ein blau angelaufenes Gesicht wies auf einen Erstickungstod hin. Unauffällig griff er nach Michas Hand. Kein Puls. Er war eindeutig tot.

Lothar schaute durch die Spalte zwischen den Sitzen nach hinten. Das blonde Monster schaute ihn eindringlich an. Sie wußte Bescheid. Und ihren ersten Gegner hatte sie liquidiert, als Lothar im Cockpit war, um Beck die Nachricht zukommen zu lassen.

Fieberhaft dachte Lothar nach. Wenn der tote Passagier entdeckt würde, gäbe es einen Mordsaufstand. Niemand würde das Flugzeug verlassen dürfen. Aber auf der anderen Seite wären seine Pläne in Sachen Karibik dann auch ausgeträumt. So oder so, er saß in der Klemme. Er war bereits zu weit gegangen. Niemals könnte er erklären, was er mit dem Geld auf dem Flug nach Island zu suchen hatte. Er spielte mit dem BND-Ausweis in seinen Fingern.

«Sie müssen sich anschnallen», forderte die Stewardess. «Der Landeanflug kann ein wenig holperig werden.»

«Ja, sicher», sagte Lothar und legte den Gurt an.

«Bitte, weisen Sie auch Ihren Nachbarn darauf hin.»

«Mach ich, kein Problem.»

Lothar fummelte den Gurt unter Michas Sitz hervor und schnallte ihn an. Dann überlegte er es sich doch anders. Er löste seinen Gurt wieder, zog seinen Ausweis und stand auf, um der Stewardess zu folgen. Was sollte er auf einer karibischen Insel, wenn der Preis sein Seelenheil wäre?

«Ach, Miss ...» rief Lothar. In diesem Moment bockte das Flugzeug wie ein störrischer Esel. Lothar mußte sich an beiden Sitzreihen festhalten. Sein Ausweis glitt ihm aus der Hand und rutschte unter die Sitzreihen.

«Bitte, Sir, setzen Sie sich wieder auf Ihren Platz und schnallen Sie sich an!» forderte ihn die Stewardess auf.

«Ich muß Ihnen dringend etwas mitteilen.»

«Später, Sir, bitte setzen Sie sich!» forderte die Stewardess energisch.

«Aber da ist jemand ermordet worden ...»

«Bitte, Sir. Machen Sie keine Schwierigkeiten.»

Ohne Ausweis würde sie ihn für einen Randalierer halten. Einer von denen, die auf längeren Flügen immer wieder mal Ärger machten. Lothar ließ sich auf die Knie fallen und suchte unter den Sitzen nach dem verdammten Ausweis. Die Stewardess schien nicht weiter mit ihm diskutieren zu wollen. Sie hatte für solche Fälle ihre Anweisungen. Bei Randale im Flugzeug wurde erst mal Verstärkung geholt.

Bis sie wiederkam, mußte Lothar seinen Ausweis gefunden haben. Er kroch in die leere Sitzreihe hinein. Dort hinten sah er ihn. Er streckte die Hand aus und versuchte, ihn mit den Fingern zu erwischen. Plötzlich schlug etwas schwer auf seinen Rücken. Die Monsterfrau! Sie hatte beobachtet, was Lothar vorhatte. Als die Stewardess dann verschwunden war, war sie nach vorn gekommen, um auch Lothar zu erledigen.

Ihre Knie drückten Lothar, der zwischen den Sitzreihen festklemmte, zu Boden. Ihr Arm legte sich um seinen Hals und drückte kräftig zu. Es würde nur zwei, drei Minuten dauern, falls sie ihm nicht vorher das Genick brach. Lothar hatte keine Chance. Die Frau war stark wie ein Bär und schwer wie eine Kiste voller Sandsäcke.

«Hilfe!» schrie die Frau mit lächerlich wirkender, piepsiger Stimme. «Helfen Sie mir doch.»

Lothar hätte gelacht, wenn ihm in diesem Moment nicht allmählich schwarz vor Augen geworden wäre.

«Kommen Sie da raus!» rief eine männliche Stimme.

Augenblicklich hatte die Frau den Griff gelöst.

«Ist das üblich, daß man auf Ihren Flügen von Wahnsinnigen angefallen wird?» fragte die Blondine naiv.

«Sie müssen entschuldigen. Hallo, kommen Sie da raus!»

«Er versuchte, mich zu beißen!» behauptete die Frau gespielt hysterisch. Damit hatte sie ja recht. Lothar hatte wirklich versucht, sie zu beißen.

Starke Arme halfen Lothar auf. Sein Ausweis lag immer noch unter dem Sitz. Die Monsterfrau saß unbeteiligt da und wirkte völlig unschuldig. Die Stewardess schien nicht mal bemerkt zu haben, daß sie den Sitzplatz getauscht hatte.

«Das kommt nicht wieder vor!» versprach die Stewardess.

Der Copilot und ein Steward hielten Lothar an den Armen fest.

«Ihretwegen haben wir den Landeanflug abbrechen müssen!» erklärte der Copilot. «Das kommt Sie teuer zu stehen!»

Lothar bemühte sich, erst mal zu Luft zu kommen. Dann versuchte er den beiden Männern zu erklären, daß die Frau, die er angeblich angegriffen hatte, in Wirklichkeit seinen Partner umgebracht hatte.

«Ja, ja, das können Sie alles der Polizei erklären», sagte der Steward. «Jetzt kommen Sie erst mal mit auf Ihren Platz und beruhigen sich.»

«Hören Sie, ich bin beim BND und diese Frau hier ...»

«Ja, ja, ich verstehe schon!» Der Steward zog Lothar zurück an seinen Platz.

«Sehen Sie!» rief Lothar, als sie in seiner Sitzreihe angekommen waren. «Dieser Mann ist tot!» Er riß mit der freien Hand die Mütze von Michas Kopf. Der Steward stutzte. Beim Anblick der Leiche wirkte er plötzlich unsicher und überfordert.

«Wenn Sie mir nicht glauben, dann halten Sie wenigstens auch die Frau fest!»

Der Steward überlegte immer noch. Der Copilot war schon wieder ins Cockpit zurückgeeilt, um den unterbrochenen Landeanflug wieder aufzunehmen.

«Wir landen jetzt. Das müssen wir alles später klären», entschied der Steward.

«Aber dann ist es zu spät», behauptete Lothar.

Der Steward sah zu der Sitzreihe hinüber, wo die Frau saß. «Gut, ich behalte Sie beide im Auge. Aber Sie setzen sich auf die andere Seite vom Gang. Und Sie machen keinen Ärger mehr!»

«Versprochen», sagte Lothar.

Der Steward hielt ihn unablässig an der Schulter fest. Erst als sie die Sitzreihe mit der angeblich belästigten Frau erreichten, ließ er ihn los. Die Frau war weg.

«Wo ist die hin?» wunderte sich der Steward.

«Das ist ein Flugzeug. Wirklich verschwinden kann sie ja nicht. Wahrscheinlich ist sie vorne in einer der Toiletten.»

«Dann würde das Signallicht brennen!» behauptete der Steward und sah sich in den nächstgelegenen Sitzreihen um.

«Nicht, wenn sie nicht abgeschlossen hat.»

Lothar machte sich auf den Weg nach vorn. Der Steward blieb ihm dicht auf den Fersen. Das Klo befand sich unmittelbar hinter dem Cockpit. Lothar und der Steward postierten sich vor der Tür.

«Sie sollten damit rechnen, daß sie uns angreift, wenn wir ...»

Die Antwort des Stewards war ein häßliches Knacken seines Genicks. Als Lothar sich nach ihm umdrehte, sah er die blonde Frau hinter dem Steward. Sie hatte hinter dem Vorhang zur Kombüse auf die beiden gewartet. Hinter ihr sah man die Beine dreier toter Stewardessen hervorschauen. Dann ließ die Frau den leblosen Steward aus ihren Armen gleiten. Glücklicherweise bockte in diesem Moment das Flugzeug erneut. Die Frau verlor für einen kurzen Moment das Gleichgewicht. Lange genug, um Lothar die Zeit zu geben, sie mit zwei gezielten Schlägen außer Gefecht zu setzen.

Aber die Frau zuckte nur ein wenig zurück. Das war doch nicht normal. Die Wucht der Schläge hätte ausgereicht, um einen kräftigen Mann ins Taumeln zu bringen. Lothar entschied, daß dies ein guter Zeitpunkt wäre zu fliehen. Die Maschine befand sich bereits mitten im Anflug, und Lothar hatte das Gefühl, durch die Passagierkabine bergauf zu laufen. Einige Passagiere verfolgten interessiert, wie der Mann, der an ihren Sitzreihen vorbei nach hinten rannte, von einer übergroßen Blondine verfolgt wurde. Die Frau gab wütende Schreie von sich. Im allgemeinen hielt sich jeder gern aus Familienstreitigkeiten heraus, aber einer rief dennoch nach der Stewardess. Vergeblich.

Lothar schaffte es ganz knapp, sich in eine der hinteren Toiletten zu flüchten. Bevor er die Tür jedoch verriegeln konnte, wurde sie schon wieder aufgerissen. Das war's. Lothar ließ sich rückwärts auf die Kloschüssel fallen und zog die Beine an. Die blonde Frau stürzte im gleichen Moment auf ihn und versuchte, nach seinem Hals zu greifen. Mit der Kraft beider Beine stieß Lothar sie zurück.

«Hau ab du Monster!» schrie er panisch. Die Frau flog aus der Kabine und prallte mit dem Rücken hart gegen die Tür auf der gegenüberliegenden Seite. Dann setzte die Maschine auf, und die Bremsen griffen. Die Frau wurde von der Kabinenwand weg nach rechts geschleudert. Hektisch sprang Lothar hoch und riß die Kabinentür zu. Er verriegelte sie und atmete heftig zitternd durch. «Geschafft!»

Das Flugzeug rollte aus. Draußen blieb alles still. Lothar würde auf keinen Fall den Fehler machen, jemals wieder diese Kabinentür zu öffnen.

Als die Maschine endlich stand, hörte er, wie die hintere Tür geöffnet wurde. Die Stewardessen waren tot, also mußte die blonde Frau die Tür geöffnet haben. Ein lautes Zischen deutete außerdem darauf hin, daß sie wahrscheinlich die Notrutsche betätigt hatte.

«Scheiße!» schrie Lothar. Dann drehte er wider besseres Wissen die Verriegelung der Klotür um. Merkwürdigerweise hatte sie ihn da draußen nicht erwartet. Sie war tatsächlich verschwunden. Lothar lief zum Ausgang. Die Notrutsche hing auf dem Rollfeld. Und unten lief die Zielperson auf den Zaun des Flughafengeländes zu.

«Na gut», machte sich Lothar selbst Mut und ließ sich auf die Rutsche fallen.

Beck hatte wirklich das letzte aus seinem Vogel herausgeholt. Und sie hatten es tatsächlich geschafft, vor dem Flug FI 208 in Keflavík zu landen. Die Maschine kreiste noch. Und Beck hatte im Funkverkehr mitbekommen, daß es Probleme beim Landeanflug gegeben hatte.

Es war auch wirklich ein turbulenter Landeanflug in Island gewesen. Jensen war noch in der kleinen Toilettenkabine und machte sich frisch. Beck kontrollierte seine Maschine, während Klinger Kontakt mit den örtlichen Behörden aufgenommen hatte. Aus seinem Cockpit heraus beobachtete Beck die Landung vom Flug FI 208. Die Maschine setzte sauber auf. Am Ende der Rollbahn mußte sie warten, um zwei andere Maschinen passieren zu lassen. Kaum, daß die Maschine stand, wurde die hintere Bordtür geöffnet. Die Notrutsche entfaltete sich, und Beck mußte nicht lange raten, wer dort heruntergerutscht kam.

«Jensen, verdammt!» rief er und sprang auf. «Jensen, komm ran. Die haut uns übers Rollfeld ab!»

Beck war schon am Ausgang. Jensen kam aus der Kabine und hatte den Mund noch voller Zahnpasta. Sie griff nach ihrer Pistole und folgte Beck. Die Frau war etwa 800 Meter entfernt und lief auf den Zaun des Flughafengeländes zu. Beck spurtete zu dem kleinen Kofferwagen. Jensen spuckte mehrmals die lästige Zahnpasta aus und sprang stolpernd auf die kleine Ladefläche.

Beck überholte eine 737, die gerade rangiert wurde, und rauschte mit dem kleinen Elektrokarren unter der Tragfläche durch. Die Triebwerke der 737 machten einen Heidenlärm.

«Da ist Lothar», schrie Jensen gegen den Lärm an.

Beck hatte ihn bereits gesehen. Er bog scharf nach rechts ab und überquerte die Startbahn. Rechts vor links. Aber für so etwas blieb jetzt keine Zeit, auch wenn von rechts eine A310 auf sie zuhielt. Daß dort 61 Tonnen Gewicht mit über 180 Kilometern pro Stunde auf sie zukamen, wußte Beck. Er trat das Gaspedal des Elektrokarrens weiter durch, als es überhaupt möglich war. «Komm schon ...» Aber die kleine Kiste beschleunigte nicht mehr. Sie ruckelte mit konstanter Geschwindigkeit über die Rollbahn.

«Das schaffen wir nicht!» schrie Jensen und duckte sich hinten auf der Ladefläche. Jensen hatte recht. Beck schloß die Augen. Der Lärm war höllisch, und der Winddruck, als die Maschine nur wenige Meter an ihnen vorbeirauschte, war wie ein schwerer Schlag gegen die Seite. Der kleine Elektrowagen machte einen Satz und blieb dann aber treu in seiner Spur.

«Geschafft!»

«Idiot!» schrie Jensen zurück. «Fast hätte ich mir in die Hose gemacht.»

Auf der Wiese, die vor ihnen lag, war der Elektrowagen nicht zu gebrauchen. Viel zu kleine Räder und zu geringe Bodenfreiheit. Beck sprang ab, als die Karre sich festgefahren hatte. Am Zaun holten sie Lothar ein. Der war richtig froh, die beiden zu sehen. Brunhilde war bereits auf der anderen Seite des Zaunes. Sie hatte sich auf die Straße gestellt und einen Wagen angehalten. Bevor der Fahrer fragen konnte, was los sei, hatte sie die Tür aufgerissen und den Mann mit einem Arm aus dem Wagen gezerrt. Beck brauchte am längsten, um über den Zaun zu klettern. Selbstsicher richtete Jensen ihre Waffe auf den nächsten Wagen, der vorbeikam, und versuchte ihn zu stoppen. Aber als die Fahrerin die Pistole sah, trat sie unerwartet aufs Gas. Fast hätte sie Jensen überfahren.

«Spinner!» fluchte Jensen dem Wagen nach. Der nächste Fahrer war vernünftiger und hielt an. Beck nutzte die Gelegenheit und sprang selbst hinter das Steuer des roten Corolla. Der blaue Chrysler, in dem Brunhilde saß, bog mit quietschenden Reifen auf die Ausfallstraße nach Reykjavík ab. Beck machte sich an die Verfolgung. Auf den einsamen Straßen durch die grünbewachsene, hügelige Landschaft war nicht viel Verkehr. Man konnte weit voraussehen, und es war unmöglich, daß Brunhilde sie abschüttelte. Nach zwanzig Kilometern bog der Chrysler nach rechts auf eine Schotterpiste ab. Beck war jetzt dicht genug herangefahren, daß Jensen mit der Waffe aus dem Fenster auf den Wagen schießen konnte.

«Halt die Kiste doch einmal ruhig.»

«Du hast gut reden», verteidigte sich Beck. Auf dem Schotter und bei dieser Geschwindigkeit schlingerte der Wagen von einem Randstreifen zum anderen. Beck hatte Mühe, daß er nicht von der Fahrbahn abkam. Jensen feuerte einige Male.

«Das hat keinen Zweck», sagte sie frustriert und schloß das Seitenfenster wieder.

«Wo ist eigentlich Micha?» fragte Beck. Lothar hatte die Fahrt über nicht viel gesprochen.

«Den hat's erwischt», sagte Lothar knapp. Er hatte offensichtlich keine Lust, darauf näher einzugehen. «Paß auf, der Fluß!» rief er statt dessen.

Beck hatte ihn längst gesehen und trat auf die Bremse. Der kleine Fluß verlief quer über die Straße. Das war wohl der Grund, warum der Isländer an sich gerne Geländewagen fuhr. Der Chrysler jedenfalls war mitten im Wasser steckengeblieben.

Brunhilde war aus dem Seitenfenster geklettert und bewegte sich durch das Wasser auf das andere Ufer zu.

«Wir haben sie», freute sich Jensen.

Nicht ganz. Mit dem Corolla kamen sie auch nicht durch die Furt. Beck stoppte den Wagen. Auf der anderen Seite lief Brunhilde auf den Hügel zu, der ihr Deckung geben konnte.

«Ist sie bewaffnet?» fragte Jensen.

Lothar schüttelte den Kopf. «Die ist selbst Waffe genug. Geh bloß nicht zu dicht ran!»

Jensen lachte und zeigte auf ihre Calico. «Ich habe keine Angst.»

Beck folgte den beiden durch den Fluß. Brunhilde war bereits dabei, den Hügel hochzuklettern. Jensen zielte und schoß, während sie noch durch das Flußbett watete. Zwei Kugeln gingen vorbei. Aber die dritte, da war sie sicher, hatte getroffen. Brunhilde knickte ein. Doch dann rappelte sie sich wieder hoch und kletterte weiter.

«Wenn ich du wäre, würde ich aufgeben!» schrie Jensen ihr nach. Dann machte sie sich ebenfalls daran, den Hügel hochzuklettern.

«Jensen, warte auf uns», rief Beck. Man durfte seinen Gegner niemals unterschätzen. Das konnte ein tödlicher Fehler sein. Jensen hörte nicht auf ihn. Sie stürmte wie eine Besessene den Hügel hinauf.

Als Jensen oben auf der Kuppe des Hügels angekommen war, stutzte sie. Der Hügel entpuppte sich als Krater eines kleinen Vulkans. Gleich hinter der Kuppe ging es kreisförmig fast senkrecht hinab. Brunhilde war auf den ersten Blick nirgends zu sehen. Vielleicht war sie abgestürzt? Jensen ging näher an den Kraterrand heran. Dort unten glühte es orange. Der Vulkan war wohl nicht völlig erloschen. Heiße Luft schlug Jensen entgegen. Und eine Hand griff mit metallischer Härte nach ihrem Fußgelenk. Jensen verlor das Gleichgewicht. Sie ließ die Waffe fallen und krallte sich in der Grassode am Rand des Kraters fest. Etwas zog sie hinunter. Sie konnte sich kaum halten.

«Halt dich fest», schrie Beck, der in diesem Augenblick den Hügel raufgeklettert kam. «Halt dich bloß fest!»

Vier Hände griffen nach Jensens Armen und rissen an ihr. An ihren Beinen hing Brunhilde, die sich unterhalb des Kraterrands versteckt hatte. Beck und Lothar versuchten, sie mit vereinten Kräften wieder hochzuziehen. Mit ihr leider auch Brunhilde. Die ließ unerwartet los. Die beiden Männer taumelten zu Boden. Beck war noch nicht wieder auf den Beinen, da hatte ihm Brunhilde bereits einen Tritt verpaßt, der ihn den halben Hügel hinunterrollen ließ. Jensen bemühte sich, an ihre Waffe zu kommen. Aber Brunhilde sprang sie wie ein übergewichtiger Panther an und brach ihr dabei mindestens zwei Rippen. Lothar kam ihr zu Hilfe. Er schlug dem blonden Monster einen Stein auf den Hinterkopf. Brunhilde taumelte und glitt nach rechts von Jensen ab. Dummerweise landete sie mit dem Rücken genau auf der Waffe. Jensen keuchte, rappelte sich auf und wollte Brunhilde noch den K.o. verpassen. Die Frau hatte zwar ein blutüberströmtes Gesicht und auch die weiße Bluse, hatte sich am ganzen Oberkörper rot verfärbt, aber sie war noch nicht am Ende. Noch lange nicht. Brunhilde wich dem Schlag aus, rollte sich halb zur Seite und schlug gleich darauf selber hart zu.

Atemlos kam Beck wieder über den Rand geklettert. Er zog seine Waffe und richtete sie auf Brunhilde. Ihre Reaktion war blitzschnell. Noch im Liegen trat sie ihm die Pistole aus der Hand. Lothar warf sich todesmutig auf sie. Er versuchte, ihren Hals zu erwischen. Sollte sie doch sterben wie sein Partner. Er hatte sie fest im Griff. Jetzt mußte er nur durchhalten. Zwei kurze Schläge auf die Nieren nahmen ihm eher die Luft als seinem Opfer. Aber er ließ nicht los. Brunhilde wollte sich unter ihm wegdrehen. Fast wäre ihr das auch gelungen. Aber jetzt kam Jensen endlich an ihre Pistole. Sie feuerte sofort. Ein Tritt von Brunhilde warf sie zurück. Brunhilde schaffte es sogar, noch einmal aufzustehen, obwohl Lothar an ihrem Hals hing und nicht eine Sekunde lockerließ.

«Laß sie los!» rief Jensen und hatte die Pistole auf die beiden gerichtet.

«Niemals», schrie Lothar. Brunhilde schien sich um Lothar nicht mehr zu kümmern. Sie stampfte schleppenden Schrittes auf Jensen zu.

Jensen wartete nicht, bis sie nah genug herangekommen war, sondern schoß sofort. Drei Kugeln schlugen in Brunhildes Brust ein und brachten sie erst einmal zum Stillstand. Aber am Ende war sie immer noch nicht. Jensen zögerte, erneut zu schießen. Die Frau mußte doch jeden Moment wie ein gefällter Baum umkippen. Sie röchelte bereits pfeifend, und ihre Gesichtsfarbe veränderte sich zunehmend ins Ungesunde.

Aber sie fiel einfach nicht. Sie stand nur da und schaute Jensen böse funkelnd an. Beck hatte sich wieder aufgerappelt. Er nahm zwei Schritte Anlauf und schubste Brunhilde mit aller Kraft über den Kraterrand. Genau in diesem Moment ließ Lothar sie los. Dennoch wurde er mit ihr in die Tiefe gerissen. Beck ging sofort zum Kraterrand, und eine Sekunde später war auch Jensen neben ihm. Sie schauten hinunter. Es ging ein paar hundert Meter steil hinab. Sechs oder sieben Meter unter ihnen hielt Lothar sich an einem schmalen Vorsprung fest. Brunhilde hatte ihre Arme um sein Becken geschlungen.

«Das gibt es doch nicht ...» staunte Beck. «... die lebt ja immer noch.»

Lothar sah verzweifelt zu ihnen hinauf und streckte eine Hand aus. Beck überlegte, wie er ihm hoch helfen konnte. Aber Jensen hatte verstanden, was Lothar eigentlich wollte. Sie zielte genau und ließ ihre Calico fallen. Lothar fing sie mit einer Hand geschickt auf. Dann drehte er sich ein wenig zur Seite und hielt Brunhilde die Waffe fast an den Kopf. Diesmal ging er auf

Nummer Sicher. Er hörte nicht auf zu feuern. Auch nicht, als Brunhilde ihn längst losgelassen hatte und den Hang hinabrutschte. Sie kullerte über eine kleine Kante und stürzte dann endgültig ab. Selbst da schoß Lothar ihr noch unbeirrt hinterher.

Weit unten schlug sie auf. Eine kleine Dampffontäne spritzte hoch. Im Zentrum des Kraters war das Gestein noch immer so heiß, daß alles Organische, was mit ihm in Berührung kam, automatisch kurzgegart wurde.

«Halt durch, wir holen dich da raus.» Beck rannte den Abhang runter. In einem der Wagen sollte sich doch wohl ein Abschleppseil finden lassen.

ZWÖLF

Die Polizei hatte die Maschine des Fluges FI 208 auf einem abgelegenen Teil des Rollfeldes abstellen lassen. Alle Passagiere wurden einzeln befragt und durften den Flughafen nicht verlassen. Zwei Passagiere fehlten. Nach Zeugenaussagen sollten sie über die Rollbahn geflohen sein. Außerdem waren es diese beiden Passagiere, die während des Fluges Krawall gemacht hatten. Damit waren die beiden für die Polizei dringend tatverdächtig. Ohne sie würden die Vorfälle, die zu fünf Toten auf Flug FI 208 geführt hatten, wohl niemals aufgeklärt werden. Des weiteren hatte die Polizei drei Koffer beschlagnahmt, die jeweils eine halbe Million Dollar beinhalteten. Die isländischen Beamten standen vor einem Rätsel. Aber man war zuversichtlich, die beiden verschwundenen Passagiere früher oder später zu finden. Schließlich war Island eine Insel, wenn auch eine große Insel. Aber so mir nichts, dir nichts verschwand hier niemand.

Eine Verbindung mit der Privatmaschine, die unmittelbar vor der 737 gelandet war, stellte die Polizei nicht her. Schließlich hatten die Morde während des Fluges stattgefunden. Beck hatte daher keinerlei Schwierigkeiten, eine Starterlaubnis zu erhalten. Daß die Cessna mit einem Passagier mehr startete, als sie gekommen war, fiel in dem ganzen Durcheinander niemandem auf.

«Du mußt dich untersuchen lassen!» sagte Beck. «Du bist mit dem Blut der Infizierten in Berührung gekommen.»

Lothar nickte gelassen. Das war ihm schon klar. Er war froh, daß er diese Geschichte überlebt hatte.

Als sie vier Stunden später wieder in Hamburg gelandet waren, begleiteten Beck und die anderen Lothar ins Tropenkrankenhaus, wo sie Victor Jacobi trafen, der schon über Funk über die Geschehnisse informiert worden war. Professor Fleischmann stellte keine unnötigen Fragen. Er konnte den Männern ansehen, daß sie einiges mitgemacht hatten. Eine Schwester kümmerte sich um die Wunden von Beck und um Jensens angeknackste Rippen.

Während der zwei Stunden, die sie alle gemeinsam auf das Untersuchungsergebnis warteten, schilderte Jacobi dem Chef des Tropeninstitutes in knappen Worten, welcher Katastrophe sie um Haaresbreite entgangen waren. Fleischmann konnte es kaum glauben. Vor allem, daß Haushofer seinerzeit den Virus aus dem Blut eines seiner Patienten extrahiert hatte, das schien ihm geradezu unfaßbar. Andererseits war Haushofer ihm schon damals als ziemlich unsympathischer Zeitgenosse erschienen. Doch so etwas hatte er trotzdem nicht für möglich gehalten. Professor Fleischmann wurden von einem Laborassistenten die Befunde der Blutuntersuchung reingereicht. Glücklicherweise stellte sich heraus, daß Lothar sich nicht infiziert hatte. Aber auch so kam noch genug Ärger auf diesen tapferen Mann zu.

«Was machen Sie jetzt, wo das Geld weg ist?» fragte Jacobi Lothar.

«Nun, ich werde mich wohl zurückmelden und dann einiges erklären müssen.»

«Sie sollten in Erwägung ziehen, die Sache mit dem Koffer nicht überzubewerten ... Ich denke, es schadet niemandem, wenn man es so aussehen läßt, als ob Micha allein mit den Koffern abhauen wollte», sagte Jacobi nachdenklich. Das widersprach zwar seinen moralischen Grundprinzipien, aber Lothar hatte bei diesem Fall genug Außergewöhnliches geleistet. Damit war in seinen Augen dieser kleine Fehltritt mehr als bereinigt.

«Ich werde über diese Möglichkeit nachdenken.»

«Was glaubst du, was die mit dir machen?» fragte Jensen neugierig.

«Wenn ich Glück habe, schmeißen sie mich raus. Wenn ich Pech habe, gehe ich in den Knast.»

Als Polizist oder BND-Agent im Knast, das war kein Zuckerschlecken. Jensen drückte ihm die Daumen.

«Falls Sie in Kürze arbeitslos werden sollten ...» setzte Jacobi an. «Einen so guten Mann können wir immer mal gebrauchen.» Jacobi reichte ihm seine Visitenkarte. «Melden Sie sich doch einfach mal bei mir, wenn Sie Ihre Dinge geregelt haben.»

Lothar bedankte sich. Dann verabschiedete er sich von Klinger und drückte Beck besonders herzlich die Hand. Nachdem er seinen besten Mann und im Prinzip seine ganze Einsatzgruppe verloren hatte, war Beck ihm schnell ans Herz gewachsen.

«So, das war's», behauptete Jacobi. «Weihnachten steht vor der Tür. Wir haben uns wohl alle ein paar freie Tage verdient. Und morgen feiern wir den Erfolg. Punkt 13 Uhr zum Weihnachtsessen bei mir zu Hause, wenn ich bitten darf.»

Jensen bot sich an, Jacobi nach Hause zu fahren. Seine Frau wartete sicherlich schon ungeduldig auf ihn. Klinger mußte noch die MÜCKE ins Hauptquartier bringen und dort nach dem Rechten sehen, dann würde auch er Feierabend machen. Plötzlich stand Beck allein auf dem Flur des Krankenhauses. Er fühlte sich unendlich einsam nach dieser intensiven Woche. Unschlüssig stand er da. Was sollte er jetzt machen?

«Ich wußte ja, daß ich Sie hier wiederfinden würde.»

Beck drehte sich um. «Fräulein Wolf», rief Beck entsetzt.

«Sie waren so plötzlich verschwunden, als die Quarantäne aufgehoben wurde. Aber ich war sicher, Sie würden hier irgendwann wieder auftauchen.»

Die Reporterin mit den feuerroten Haaren hatte anscheinend seit Tagen das Krankenhaus beobachtet. «Sie schulden mir noch den Ausgang der Geschichte. Das mit dem Studenten, den Sie in der U-Bahn erschossen haben. Erinnern Sie sich?»

Beck erinnerte sich daran, aber das war ja schon so lange her.

«Da war doch mehr dran als nur eine harmlose Grippe oder eine Tuberkulose-Epidemie? Wie wär's, ich spendiere ein gutes Abendessen, und Sie erzählen mir, was Sie so die letzten Tage getrieben haben?»

Beck spürte Heißhunger. Ein gutes Essen wäre jetzt genau das Richtige. Danach heiß duschen und dann ... Beck sah sich Fräulein Wolf von oben bis unten an.

«Das mit dem Essen geht klar. Aber mit der Story, das können Sie knicken», sagte Beck. Fräulein Wolf musterte ihn. Sie schien zu wissen, daß er das ernst meinte. Dann sagte sie: «Okay, schließlich ist Heiligabend, und ich habe eh nichts Besseres vor.»

Sie hatten ein türkisches Restaurant im Schanzenviertel ausgewählt, das beste der Stadt. Die hatten auch Heiligabend offen. Nach der Anstrengung war Beck der Rotwein schnell zu Kopf gestiegen. Aber nicht so sehr wie Fräulein Wolf. Die hatte mehr als drei halbe Liter allein geleert. Sie war langsam, aber sicher immer dichter an ihn herangerückt und nuschelte fortwährend irgend etwas vom Fest der Liebe.

Beck war unsicher. Er wollte nicht schon wieder eine Frau in seine Wohnung lassen. Das häufte sich in letzter Zeit. Wenn er nicht aufpaßte, wurde die Ausnahme irgendwann zur Regel. Fräulein Wolf wurde auf einmal sehr konkret, was sie sich gerade heute unter einem Fest der Liebe vorstellte. Und was sie da unter dem Tisch festhielt, als ob es der Steuerknüppel einer Aircobra wäre, war nun wirklich kein Argument, sie von der Bettkante zu schubsen. Sie rief nach dem Ober und zahlte.

Beck hatte sich schon damit abgefunden, daß es seine Wohnung sein würde. Schließlich wohnte er hier gleich um die Ecke. Beck mußte Fräulein Wolf im Treppenhaus unter die Arme greifen. Vor seiner Tür auf dem Treppenabsatz saß ... Beck erinnerte sich, sie hieß Monika. Monika stand auf. Sie trug rote 12-Zentimeter-Heels und eine ebenfalls knallrote Lackcorsage. Ihr Mantel war offen.

«Hey!» sagte sie Kaugummi kauend.

«Hey!» gab Beck ratlos zurück.

«Keine Angst, ich will dir nicht auf den Wecker gehen», sagte Monika. Das beruhigte Beck fürs erste. «Es ist nur ... weil doch Heiligabend ist, und ... na, ich dachte, du wärst vielleicht nicht gern allein.» Sie sah Beck erwartungsvoll an.

«Der ist nicht allein», lallte Fräulein Wolf.

«Das sehe ich auch», zickte Monika sofort zurück.

«Na also, dann verschwinde, Schätzchen!»

Monika reagierte nicht. Sie wartete darauf, was Beck dazu sagen würde. Dem war es eigentlich ganz recht, daß Monika da war. Vielleicht kam er so um eine Geschichte mit Fräulein Wolf, die er morgen früh bereuen würde, drum herum. «Wenn du dich allein fühlst, dann komm ruhig mit rein», sagte er und schloß die Wohnungstür auf.

«Nein, nein, nein», nuschelte Fräulein Wolf und winkte mit der Hand ab. «Heute gehört der mir.»

Monika kümmerte sich nicht um die Wolf. Sie folgte den beiden in die Wohnung. Beck setzte Fräulein Wolf auf dem Bett ab. Monika schwenkte eine Flasche Jack Daniels, die sie aus ihrer Manteltasche gezogen hatte. Beck nickte.

«Ich muß jetzt aber erst mal heiß duschen.»

Als Beck nach einer Viertelstunde wieder aus der Dusche kam, hatte er nur ein Handtuch umgebunden. Die Frauen saßen auf dem Bett und säuselten etwas, das nach «Stille Nacht …» klang. Beck mußte lachen. Irgendwo hatten sie Kerzen gefunden, die ohne Halter auf dem Tisch klebten und ihnen ihr flakkerndes Licht spendeten. Beck nahm ein Glas und schenkte sich ein.

«Prost!» rief er.

«Prost!» riefen die beiden Frauen im Chor.

Serientäter

Kenneth Abel
Köder am Haken
(thriller 43245)

Die Mauer des Schweigens
(thriller 43276)

Meschugge *Der Roman zum Film von Dani Levy und Maria Schrader*
(thriller 43363)
In der Kleinstadt Hameln brennt eine Schokoladenfabrik ab. Brandstiftung. Der jüdische Eigentümer entkommt knapp dem Tod. – New York City. Die Mutter von David Fish, hat in der Zeitung das Bild des Schokoladenfabrikanten gesehen und ihren todgeglaubten Vater erkannt. Kurz darauf wird sie ermordet ...

John Baker
Ins offene Messer
(thriller 43259)

Tiefschlag
(thriller 43307)
Die Bodybuilder Ben und Gog entführen arglose Kinder, die ein trauriges Schicksal erwartet. Sam Turner – seit elf Monaten trocken und genauso lange Privatdetektiv – kann der Sippe das Handwerk legen. Leider hat er dabei die Rechnung ohne die Mafia gemacht ...

Voll erwischt
(thriller 43260)
«Ein hinreißendes und lustiges Märchen.»
Times Literary Supplement

rororo thriller

Robert Crais
Falsches Spiel in L.A.
(thriller 43299)
Susan Martin war der gesellschaftliche Mittelpunkt in L. A. und die Frau des Topmanagers «Teddy». Sie wurde brutal mit einem Hammer erschlagen, und das Motiv scheint glasklar: Susan wollte sich scheidenlassen ...

Im freien Fall
(thriller 43309)

Kidnapping
(thriller 43301)

Die Rache der Samurai
(thriller 43302)

Schmutzige Geschäfte
(thriller 43310)

rororo thriller werden herausgegeben von Bernd Jost. Ein Gesamtverzeichnis aller lieferbaren Titel finden Sie in der *Rowohlt Revue*. Vierteljährlich neu. Kostenlos in Ihrer Buchhandlung. Rowohlt im Internet:

3697/1

Wolf Haas

Wolf Haas wurde 1960 in Maria Alm am Steinernen Meer geboren. Nach Abschluß seines Linguistik-Studiums arbeitete er zwei Jahre als Uni-Lektor in Swansea (Südwales). Seit 1990 lebt er in Wien.

Auferstehung der Toten
(thriller 43244)

Komm, süßer Tod
(thriller 43287)
Privatdetektiv Brenner hat die Migräneattacken bei unübersichtlichen Fällen satt: Er fängt in Wien bei den Rettungssanitätern, den Kreuzrettern, an. Doch seine neuen Kollegen haben ein Problem: Der Rettungsbund schnappt ihnen neuerdings die Verletzten von der Straße weg. Der Chef der Kreuzretterfamilie hat den Verdacht, daß die Konkurrenz den Funk abhört, und schleust Brenner bei den Rettungsbündlern ein.
Ausgezeichnet mit dem Deutschen Krimi-Preis 1999.
«Soviel Spaß, Weisheit und Spannung um einen wohlfeilen Preis, das gibt's normal gar nicht.»
Der Standard

Ausgebremst *Best of Foul Play*
(thriller 43325)
Steckt Michael Schumacher hinter dem Tod des legendären Formel-1-Piloten Ayrton Senna? Ein Fanartikel-Händler glaubt fest an dieses Gerücht. Welche Rolle spiel dabei Mercedes-Benz? Und was hat es mit dem mysteriösen Chrash von Niki Lauda auf sich?

rororo thriller

Silentium!
(thriller 43346)
Der Salzburger Klerus beauftragt Privatdetektiv Brenner mit der Aufklärung eines Mordes in einen katholischen Jungeninternat.
«Komischer war der Krimi nie, intelligenter nur selten. Weshalb auch Thomas Bernhard sicher von irgendwoher zuschaut und sich totlacht.»
Die Woche

Der Knochenmann
(thriller 43258)
«... ein Muß für alle, die da süchtig sind nach vielversprechenden Talenten.»
Die Welt

Ein Gesamtverzeichnis aller lieferbaren Titel der Reihe *rororo thriller* finden Sie in der *Rowohlt Revue*. Vierteljährlich neu. Kostenlos in Ihrer Buchhandlung.

Rowohlt im Internet:
www.rowohlt.de

3663/2

Philip Kerr

Philip Kerr wurde 1956 in Edinburgh geboren und lebt heute in London. Er hat den Ruf, einer der ideenreichsten und intelligentesten Thrillerautoren der Gegenwart zu sein. Für seinen Roman «Das Wittgensteinprogramm» erhielt er den Deutschen Krimi-Preis 1995, für seinen High-Tech Thriller «Game over» den Deutschen Krimi-Preis 1997.
«Philip Kerr schreibt die intelligentesten Thriller seit Jahren.» *Kirkus Review*

Das Wittgensteinprogramm
Ein Thriller
Deutsch von Peter Weber-Schäfer
416 Seiten. Gebunden
(Wunderlich Verlag und als rororo thriller 43229)

Gesetze der Gier
(rororo thriller 43133)
«Die überaus authentische Geschichte entwickelt sich zu einer Chandler-Version von Turgenjew: witzig, grimmig, kenntnisreich und präzise.»
Ruth Rendell

Feuer in Berlin
(rororo thriller 43164)

Alte Freunde - neue Feinde *Ein Fall für Bernhard Gunther*
(rororo thriller 43163)

Im Sog der dunklen Mächte *Ein Fall für Bernhard Gunther*
(rororo thriller 43165)
«Ein kantiger, subversiver Held vor einem kraftvoll gestalteten geschichtlichen Hintergrund: Kerr liefert das Beste.» *Literary Review*

rororo thriller

Game over *Thriller*
Deutsch von
Peter Weber-Schäfer
496 Seiten. Gebunden
Wunderlich und als rororo 22400
Ein High-Tech-Hochhaus in Los Angeles wird zur tödlichen Falle, als der Zentralcomputer plötzlich verrückt spielt. Mit dem ersten Toten beginnt für die Yu Corporation ein Alptraum.
«Brillant und sargschwarz.»
Wiener

Esau *Thriller*
Deutsch von
Peter Weber-Schäfer
512 Seiten. Gebunden
Wunderlich und als Wunderlich Taschenbuch 26083

Der Plan *Thriller*
Deutsch von Cornelia Holfelder- von der Tann
416 Seiten. Gebunden.
Wunderlich

Rowohlt im Internet:
www.rowohlt.de

3030/3

Jerry Oster

Jerry Oster arbeitete viele Jahre als Journalist und Filmkritiker in New York, bevor er begann, Bücher zu schreiben. Die *New York Times* bezeichnet ihn als den besten Krimiautor der letzten Jahre.

Death Story
(thriller 43011)
Herzschuß. Der Mittelfinger ist abgetrennt und steckt im Mund der Leiche. An der Wand prangt kryptisch das Graffiti: Raleigh... Kein leichter Job für Joe Cullen, denn er muß gegen Kollegen ermitteln.

Wenn die Nacht kommt
(thriller 43155)
«Brillante Dialoge, seine Großstadt pulst und keucht.»
Stuttgarter Zeitung

Dirty Cops
(thriller 43108)
Joe Cullen ermittelt gegen einen unbarmherzigen Cop-Killer und gerät dabei in einen brodelnden Sumpf aus Gewalt...

Dschungelkampf
(thriller 43316)
Carlos Pabon stirbt mit einem Loch in der Stirn. Abgefeuert aus einer 22er Smith & Wesson. Den Mörder bezeichnen die Medien perfide als «Samariter-Killer», das Opfer war ein mieser «Streetfighter», der von der Angst der Schwächeren lebte. «Rasant, absolut überzeugend und nichts für Sensibelchen.» *Gisbert Haefs*

Sturz ins Dunkel
(thriller 43303)
«In Jerry Osters grotesken Kriminalromanen ist New York ein Alptraum mit Klimaanlage.»
Männer Vogue

True Love
(thriller 43235)
Ein Model und ein Galeriebesitzer sterben im Kugelhagel, Tatmotiv: Eifersucht. Der Ex-Ehemann scheint überführt. Eine andere Spur führt jedoch direkt zum organisierten Verbrechen im Spielerparadies Atlantic City.

rororo thriller

rororo thriller werden herausgegeben von Bernd Jost. Ein Gesamtverzeichnis der Reihe finden Sie in der *Rowohlt Revue.* Vierteljährlich neu. Kostenlos in Ihrer Buchhandlung.
Rowohlt im Internet:
www.rowohlt.de

3026/5

Robert B. Parker

Robert B. Parker, 1932 in Springfield, Massachusetts, geboren, studierte an der Boston University, wo er 1957 den M. A. machte und 1971 zum Ph. D. promovierte. Bis 1979 unterrichtete er als Professor für Literatur in Boston. Sein "Private Eye Spenser" ist mittlerweile in über zwanzig Romanen ermittlerisch tätig und avancierte auch in Deutschland zum TV-Serien-Star. Robert B. Parker lebt mit seiner Frau in Boston.

Robert B. Parker
Brutale Wahrheit *Ein Fall für Spenser*
(thriller 43233)
Der Bostoner Polizist Frank Belson beauftragt seinen Freund Spenser, seine Ehefrau Lisa zu suchen, die spurlos verschwunden ist. Kurz darauf wird Belson angeschossen und schwer verletzt ...

Letzte Chance in Las Vegas *Ein Fall für Spenser*
(thriller 43280)
«Witzig-ironisch mit ernstem Hintergrund.»
Frankfurter Rundschau

Der graue Mann *Ein Fall für Spenser*
(thriller 43289)
Ellis Alves ist mehrfach wegen Vergewaltigung vorbestraft. Und er ist schwarz. Als man nach dem Mörder eines weißen College-Girls sucht, ist Alves deshalb der ideale Kandidat ...

rororo thriller

Auf eigene Rechnung *Ein Fall für Spenser*
(thriller 43311)
Als sich Privatdetektiv Spenser weigert, den Aufenthaltsort der von einer Midlife-Crisis gebeutelten Frau des Immobilienmaklers preiszugeben, feuert dieser ihn kurzerhand. Aber das ist nur der harmlose Auftakt zu einer Geschichte, in der es bald nicht mehr nur um Ehestreitigkeiten geht ...

Das dunkle Paradies
(thriller 43318)
Der Cop Jesse Stone macht Schluß mit seinem kaputten Leben in L. A. und versucht als Chief of Police in dem Kaff Paradise bei Boston einen neuen Anfang. Er merkt zu spät, daß es sich bei der verschlafen-biederen Kleinstadt um eine wahre Schlangengrube handelt, die schon seinen Vorgänger das Leben gekostet hat ...-